Chinese Poetry

Chinese Poetry

Chinese Poetry

Chinese Poetry

2019 · 4

Chinese 汉诗 Poetry

一个人往大海里倒水

主编 张执浩

長江出版傳媒 | 长江文艺出版社

Chinese 汉诗 Poetry

名誉主编　邓一光
主　　编　张执浩
主编助理　林东林
编　　辑　小　引
　　　　　艾　先
编　　务　万启静
艺术总监　川　上
美术设计　杜　娟
封面设计　祁泽娟

根号二书籍设计工作室

法律顾问
金　岩（湖北今天律师事务所）

吕德安

卷首语

汉语新诗已经历了一个世纪，好似我们已经拥有了一个不大不小的新诗的传统？对我而言，它仍旧只是一把钥匙，一道寻常人都会问的寻常问题。它闪着光带着几分狡黠，永远悬挂在那里。或者我宁愿这样回答：如果没有这一百年来无数前辈的探索，我就不可能写出“新诗”。但这只是部分的回答，非常的感性。因为一百年的汉语“新诗”——或“自由诗”所传承下来的似乎已变成了：“诗是什么？”或者是，当我们写诗时，我们在做什么？所以我只能感性地回答。尽管回答起来总是不尽人意。

没有合适的回答，但是我们知道诗仍在那里，就像大地上的一口泉眼。我们所能做的就是用合适的语言回应它。感到了某种禁忌，或释放。我们回应了，以为那就是诗。我们在做着自己认为在做的一件事。

所以诗是具体的。比如某人说的某句很生动，常说那是“形象的语言”，这不是瞎说，这是诗的开始，门槛很低。我们似乎永远在从头开始，很容易写起来。感觉到这样的句子里充满了空气，自然会让人乐在其中。想象当年孔子面对《诗经》里的诗，在动笔施之以音律，命之以《风》《雅》《颂》之前也会乐在其中吧——可当我这样想象时，明白了自己写的不是什么“口语诗”。我运用口语为了继续倾听，保持安静好让诗借“形象的语言”还魂，教我们如何言说得“生动”一点——我写诗，如此而已。

吕德安

目录 contents

目录 contents

本期图片由林东林摄

开卷诗人

Chinese Poetry

Open Page

贾冬阳
作品

Jia Dongyang

推荐语

贾冬阳是学哲学的，诗却写得清澈、直接，似乎是对哲学思辨的一个对应。当然这可能是我的一个误会，总觉得哲学处理的是理论与道理，诗歌面临的是生活和身体。但在具体的语言操作上，贾冬阳恰如其分地解决了这“并不存在”的矛盾。

贾冬阳的诗擅于描述基本的生活事实，那些唾手可得的飞鸟和汽油桶，并非是我们不知道而想知道的东西，也不是什么更高的、更根本的东西。但在贾冬阳的诗中它们熠熠生辉，那些打牌的声音、汽车开走的声音，既在这个现实世界中出现，同时又指向另一个完美的虚拟空间。

（小引）

从贾冬阳的文字来看，他是一个长于轻言细语的诗人，他笔下的描摹，就像中国传统的写意画，场景的虚实转换自如得当，成熟老到的语言含蓄蕴藉，像流水一样自然淡泊，哪怕是在喧嚣的尘世，他依然能听见“一些细小的声音”。而这些细小的声音，正是我们所认为的诗歌应该说出的东西，也是我们在各种艺术手段里竭力想保留的东西，在这一方面，贾冬阳体现出了高于一般写作者的能力。

（艾先）

贾冬阳的写作有效地回避了当前诗界盛行的主体表达模式，他的诗大多采用轻缓的叙述策略，在近乎白描似的语言推进中抵达诗的内核，水墨的笔触，点彩的氤氲，匀称的气息，这使得他的诗读来让人感觉舒服，如临风饮茶一般，但也有青春的醉意。我欣赏他身上透露出来的独立气质，从不迎合，也绝不刻意试图从诗那里获取什么，这或许是诗人与诗歌的双向解放。

（张执浩）

微微的

天黑了
鸟还没有飞回来
路边水果店
已经亮起了灯
有一群人
在灯光下打牌
汽车在不远的地方
开过去
我听见汽车开走的声音
也听见打牌的声音
关上门
回到屋子里
把耳朵贴在玻璃上
能感觉到一些
微微的震颤

扑火

中间是个半截的铁皮汽油桶
桶里有火
他们坐在四周
喝啤酒
唱歌
其中一个
呜呜咽咽地
吹口琴

四周实在太黑

在这秋天的夜晚
火光里飞着

不少长透明翅膀的虫子
偶尔有掉下去的

暴雨将至

在夏日与秋天的交界处
走进友人的老屋
仿佛走进一个老人
斑驳的梦境
在竹椅上坐下，我们谈论诗歌
摄影、寒池和梅子酒
诸多琐碎日常

孩子们很忙
他们在院子里
挥舞竹竿
争抢莲蓬和青枣
搜索猫的踪迹
心疼即将变成晚餐的白鱼

他们关心的事情那么多
他们不关心的事情也那么多
比如香港
比如枣子尚未成熟
荷叶已然凋零

黄昏的溪流

顺流而下
随意翻动脚下的石头
溪水打着旋
卷走的

不只细小的沙粒
2017年夏天的一个黄昏
风从左岸吹来
右岸的鸟鸣忽近忽远
这黄昏的溪流
又冷又清
它将把我们带往何处？
在磅礴暮色中
谁如远行客
谁是迷途人

有游艇的港口

码头上停着许多船
有大船
也有小船
大船那么大
小船
又那么小
有的船上人很多
比如我们乘的这艘
北部湾三号
很多人站在甲板上
有的，连个人影也看不见
还有一些船
它们在遥远的海上
远得只能隐约看见一点颜色
而近的
除了船上粗大的绳索
还能看见一个人
正往海里倒一桶水

台风及其他

从橘黄色的收音机里
传来台风的消息
这会儿是晚饭时间
有鱼和青菜
风暴从海上来
长途奔袭（带来大量雨水和
彻夜不眠）
改变天空的颜色
树木的姿势
和岛屿的形状
最终将消散在陆地深处
变成一朵云？
几天来
我反复翻阅《神谱》
和《劳作与时日》
两册薄薄的古代诗篇
看样子
夏天即将过去
外面已经吹起了秋风

幽暗之杯

曾有多少古人
和我们一样
在黄昏的芭蕉树下静坐
等炉上的水沸
等一壶好茶
将自己倾空
接纳山林幽谷的馈赠
透过蕉叶
与蕉叶之间的缝隙

往事与夕阳
在杯中
投下澹澹光影
一杯在手
扰攘退却
身前身后
唯有无边的喜悦
与寂静
只是黄昏的欢娱之杯如此微小
转眼盛满幽暗

壬辰年

——和吴峻《乙酉年》

在壬辰年年底的浓雾中
有人翻开《乌克兰拖拉机简史》
昨夜读到58页最后一句：一辆拖拉机
正在缓慢地颠簸前进
将烧为灰烬的麦茬翻入土中。

早上起来烧水、浇花、扫地
把海风放进室内
橘黄色的收音机里，各种经济学指数
他从没听懂过
年关将至，钓鱼岛上空
却多了一架美国飞机

“拖拉机和乳房。”这是哪个时代的焦点？
63页倒数第7行上的句子，让小马抬起头：晨光熹微
一位老人牵着一条狗，站在棕榈树下
一辆深色轿车尾灯闪烁
窗台上的秋海棠，正在慢慢飘落
一枚黑暗的花瓣

壬辰年年底
北方寒冷，雾霾厚重
读书之余
我们准备粮食、茶叶和酒肉（腊味肥美）
等待来岛上过年的亲人

冬季的中国一片苍茫

傍晚，水边的
一只白鹭
缓缓收拢翅膀（单腿站立）
又猛地展开
腾空而起
穿过湖面和湖面上
变幻莫测的
落日余晖
滑入小岛
冬月的灌木丛中
这样的飞行
去年秋冬
我们见过多次
还为一只
每到黄昏
就在湖面上盘旋悲鸣
无所依傍的
黑色水鸟
屡屡屏住呼吸

草原第一

整夜，火都未熄
有人不断向火上

添树枝或草叶
这样的东西
谁在谈论有无、生死
谈论喜悦和忧伤
寂静与吹拂？
星光高远
火焰明灭
我一直看不清
太远的地方
却能听见
一些细小的声音
不断沿着河岸
飘过鱼竿、草地
帐篷
我和火焰

草原第二

酩酊的人
仰面睡着了
半醉的人
还在断断续续地唱
说不上是沧桑
还是辽阔
离开篝火
我去看
白天里
那条窄窄的
河流
草原迷蒙
星光格外临近

草原第三

临近黄昏，太阳
还没偏斜到，昨天的位置
一个人等待日落
等待晚餐
和透明的杯盏
他没有把握
他看见的，萨福
是不是也见过
并在公元前六世纪的一个黄昏
写下这样的诗篇：
傍晚的星哦
你领回晨光熹微洒出的一切罢
你领回绵羊
你领回山羊
领回孩子到母亲身旁

还乡

——此诗献给魏壁

人迹断绝之处
我们已无法回头
不敢叫苦
硬着头皮向上
为了回到
更深的地方
我们不得不开辟道路
上到最高处
山岩嶙嶙
草木蔓蔓
隐没在暗处的声息
仿佛大地

无声的呼唤
萧瑟将尽
初春的岚风吹拂
返回的时刻
是谁在战栗中
用手指着悬崖的那边
海的尽头

季风与洋流

——答张羞

读完你的《行成都》
我出门散步
万恒路那边的海
除了波涛
还是波涛
在这首诗中
张羞
我想跟你说
在于坚和狼格之间
你露出一副
我辈罕见的面容
顺便告诉你
立秋过后
海南岛的形状保持完好
变换不已的
是季风与洋流

昨夜的闪电

在昨夜的闪电中
反复出现的事物

也反复消失
它包括：一条狭窄的街道
一辆停在路边的汽车
一栋三层水泥楼房
大量植物
但整夜都有雨声
和好的空气

她们

在山里的那几天
每到黄昏
她就坐在屋檐下
看院子里的野花静静开放
有时候
她
一动不动
仿佛回到了往事之中

对面山坡上的竹林
越来越暗
我合上书
点燃清晨采回的艾草和菖蒲
围着烟和火
我们有一句
没一句
说起一些古人
和朋友
在夜色中
他们的面容
一片静谧

但那好听的溪水

把孩子
带入梦乡
温柔的呼吸
像山岚一样轻盈
好孩子
慢慢你会知道
在这世上
除了乳汁
还有太多事情
会让你付出眼泪

明早
爸爸再带你去看竹林

广州

从车上下来
我们有些担心
不知对面
是不是就是司机说的
广州客运总站
凌晨四点
台阶上有人躺着
有人坐着
旁边
那个卖馄饨的老头
刚刚跑上来
他在避雨
不像我们
主要是等天亮

鲸骑士

海上风大浪急
天黑前，我们在波浪中
挣扎了一会儿
湿漉漉上岸
替远处那些脚下没有土地
灯火飘摇的船只担心

你用手指在沙滩上写字
我和朋友们赛跑
转眼
海浪抹去的
还包括
一个少年青春的呼喊

那座黑色建筑
仿佛一头搁浅的鲸鱼
整夜都在那儿
我想把它
重新放回海里

昨晚的饮马河

昨晚的饮马河
倒映着星光
是一条闪亮的河
河岸上堆着木板

铁路线两旁

透过车窗和镜头

我看见铁路线两旁
一派苍茫
与凋零景象
我早年的一切记忆
都和这样的景象息息相关
仿佛幽暗的深渊
莫名吞吐着
我在尘世的情感

南方遥远
北方遥远

故乡

太多陌生的风景
车窗外，故乡已需辨识
只有幽暗的记忆
在日暮时分闪闪发亮

柴火烧尽
酒杯喝得空空
冬天的风
吹过茫茫白雪覆盖的一切
有人倾听那种寂静

浅草

三个孩子走在
通往池塘的小路上
空中飘落的紫荆花瓣
谁都不在意
前面的两个甚至不

挥动一下
手里细小的鱼竿

最小的女孩掉眼泪
抱着红色塑料小桶
跟在后面
两根鱼竿（那不过是两根
细细的竹竿）
都不在她手上

露出水面的睡莲
粉紫色
她小心翼翼趴在池塘边的浅草里
小声跟它们说话
要不是一个大喊
桶
我也忘了另外两个

隆冬七句

还缺少什么吗？在这个寒冷的冬天
我们已有足够的茶、书籍和想象
朋友如同苦难散布各省（昨夜有好酒，凭空干一杯）
京城传来书简，热切、激烈、忧心忡忡
回信告诉还乡的漂泊者：你比故乡人
更像故乡人，只是别忘了
“哪里有真理，哪里就有落叶飘零”

斜阳

一个老头
和一个老太太

并排站在院子里
看着镜头

这是一部
关于孤独与漂泊的电影

他们身后的房子
是冬天的房子
他们身后的树
是冬天的树

一年将尽

和平大道上的阳光
照耀着和平大道
我从十七楼上下来
我要穿过马路
到对面去

和另外两个家伙一起
被前后汹涌的车流
夹在马路中间
那会儿
我想不起谁曾说过
一个孩子哭着跑过马路

这样的时候
是不是总要有些感慨
早上
母亲打来电话
告诉我
雪已经下了二十个小时
而再过两天

一个姑娘
将年满二十周岁
她说，记得跟我说生日快乐
我说，我现在就说

一年将尽
我的头上
有太多阳光
和平大道上的阳光
它照耀着和平大道
也照耀着我
让我觉得温暖
也觉得它过于强烈

绿灯亮了
我手里空握一只
塑料打火机
迅速穿过马路
不知在谁眼中
我是这样快地消失在人群中

黍不语
作品

Shu buyu

推荐语

我坚持认为。黍不语的出现从某种程度上改变了湖北诗坛长期以来阳盛阴衰的格局，而且我相信，若干年后，当我们重新审视近两年湖北诗界的变化时，会更清楚地看见“黍不语们”的努力是一件多么令人激赏的事情。作为一位生活在江汉平原上的边缘写作者，黍不语的诗具有很多年轻诗人不具备的沉静气质，我曾在一篇短文中提到，她是那种独自玩耍着，突然发现天色暗沉，禁不住听见了自己心跳的诗人。沉静带给她本人的定力，是无尽的耐心和勇气，她必须独自穿过横卧在平原深处的小道，一边克服心慌一边倾听心跳。

（张执浩）

黍不语是一个很有想法的诗人，在对日常情景的描叙中，可以看到她寻找自我想法的努力，她希望这种努力既是自我的，又是在某种意义上具有普遍性的，这种想法呈现在她的文字里，使其具有了某种挣扎感，同时也不难看出有些文字还没有那么圆熟自然。但是，这种努力无疑是值得赞赏的，当这种努力具有持续性和上升性的时候，她所要达到的境界会自然呈现在大家眼前。

（艾先）

2019年冬天，黍不语似乎陷入了一场舆论风波。我本无心关注此事，奈何反复有人推送给我。言外之意，湖北诗人对此事，是否有看法？我耐心地说，写作一事，考验的是诗人的耐心，考察的也是人世的艰难，捕风捉影大可不必，与腐朽的庞然之物对峙，倒是可圈可点。

黍不语的诗起步虽晚，却有其灵动敏锐的一面。长于描摹发现，短于个性自由。诗人往往容易在写作中沉溺自我感动，用得好，能够反向突破自己；用得不好，扭扭捏捏，不知所云。这是黍不语的问题，也是所有诗人的问题。拿不拿奖是名利的事，写诗是一生的事。

（小引）

银杏叶

它们在树上时我们并不注意，
并不倾注目光和情感。
当它们随着冬天，
随着一阵又一阵风，
满满当当铺在我们必经的道路上，
我们才看到它们，
看到它们惊人的黄，生命和下坠。
而词语深陷其中。

野猪

野猪将我们领上一片城市中的山。
我们离开房子，来到另一片人间，几乎只是一个转身。
山中寂静，
秋天正洒落它的光芒。
树木久久地站在那儿
成为林子，成为所有窗户的风景。
如果它也有内心，
它也一定有等待，等着野猪突然蹿起，
在自己的疆域冲撞，撕咬，打碎。
它会看清那恐惧，并由此成为一片真正的树林。
我们怀着理想走在一条小路上，
有时是少年，有时是老年。
有时在林中，有时在林子外。
野猪还没有出现。
我们走在自己的脚上，腿上，肩膀上
还没有走出自己。

摩尔，或玛丽安

是一只羊。
在江汉平原，东荆河边，

我曾在那里出生。
现在我将它养在那儿。
那儿有绵延的堤岸，
堤岸上青草肥美，野花像孩童的眼睛闪烁。
在一个美丽的拐弯处，
我为它修一座栅栏，栅栏上开一道门，
它因此拥有随时逃走的希望和通道。
每天太阳升起时，我也会将门打开，
夜晚时合上。
它毛发长长的时候，我为它小心修剪。
在冬天，大雪覆盖，
我为它送上一把一把干草。
它每天吃草，喝水，从一块堤坡到另一块堤坡，
不屈不挠地生长。
有时它会消失，好像去寻了什么。
有时它也会找我，近我身旁，冲我咩咩咩咩
叫几声。
而我始终不知其意。
每天每天，我照顾它，看着它，
直到宰杀的时刻来临。

漏洞

如果我们是一个世界
我们需要一个世界的餐厅

如果我们是一个餐厅
我们需要一张餐厅的桌子

如果我们是一张桌子
我们需要桌子上的碗，筷子
吃不完的食物

如果我们是吃不完的食物
我们需要一张嘴

如果我们是一张嘴，一张永不
停歇的嘴

挂在世界的脸庞

我们是最完美的那个漏洞

寻找草原

我们在夜里走着
借着一点天光

我们在寻找草原
我们已经踏上了草原的一角

我们认为草原不仅仅是这一角
它还有更大更远的一片

我们走过了一棵树我们说
前面一定还有
走过一片枯寂的空地
我们说前面一定还有

我们经过几只吃草的羊
我们说前面一定还有
经过一群赶路的人
我们说前面一定还有

我们经过一条河一道坡一片永在飘浮的云
我们说前面一定还有

我们说前面一定还有一定还有
我们一边说着一边继续往前走

七个孩子

第一个孩子在海上漂浮
给我们送来梦境和无可把握

第二个孩子在峭崖上轻抚
一朵将自己伸出去的小野花

第三个孩子在铁轨上奔跑
有长长的反复的一生

第四个孩子影子正穿过街角

第五个孩子立在窗前
有宽阔的额头和白云的心肠

第六个孩子闻着厨房飘过来的玉米的香味

第七个孩子正在出生，在变成第六个，第五个，第四个
第三个第二个第一个

世界将乳房轻轻转动

誓言

你看到我为了和你保持一致已经
极度疲惫。
你看到街道上明月消隐黑暗笼罩，人群被空气
改变了面容。
你看到我，和人群一样，正边走边舍弃坚定，天真，热血，勇气
不再对第二天清晨的醒来
怀抱善良和愿望。
我曾经有过爱。后来，都像花朵一样凋谢了。
你看到我被风吹。翻起。又落下。打着转儿。

你巨大的翻云覆雨的手。
你得意的笑。
你看不到的，作为回应，我发誓
我一定不会是你
得到的那个人。

品尝

在梦里你去到了儿时从未涉足的村子
的另一头
你品尝新鲜，亲切，遥远
品尝无敌。
又在梦里见到老家门前
消失多年的砖窑。
一到冬天，日夜填柴的人们日夜
靠不停地说笑来醒神，来保持窑里大火的日夜
不息。
日夜不息的还有你的眼睛
很多个夜晚你盯着窗户上跳动的火光
盯着漏缝的木门
你品尝无力。品尝时间黑色的嘴巴。
你从一个梦，到另一个梦
你品尝流放。
你有夜晚的云和墓碑。

白发

睡前她又想了一遍，
完整的一遍。
她愿意亲吻那些白发。
为了获得安宁，先啜饮血泪。
像一种光环，又像一种孤苦。
她用恒久的忍耐和想象，长久地抚摸它，

接受它，作为一个人必不可少的存在。
一种精神的遗迹。
鸥鸟每天从黄昏轻轻飞临，
醒着的人醒在深夜。
她像个老人一样，在感伤中
露出了天使般的微笑。那些白发
像流水，飞过她的头顶。
不久，它们会来到她头上，
使一个女人真正完成。

手术

我看着她走进那个房间
躺在床上，等着药水和刀。
犹如我看着她自出生
躺在这个世界上。
她年轻的身体那么漂亮
让人想象不到腐烂
也在内部发生。
我们一只手连着
对眼前的一切，充满无知的顺从。
当刀子划开她年轻的身体
割下那些腐肉，
她绝望的叫声像
被整个世界狠狠抛弃。
而另一头的我，头晕目眩
冷汗淋漓，
仿佛古老山体在洪水中摇动。才发现
在最原始的血肉面前我们
竟有如此鲜活的恐惧，如此本能的抵抗。
那恐惧如此珍贵
等同于记忆。
而抵抗带来生活。

说死

十年前，她丈夫去世时
她每日每夜嚎哭
有人时她嚎给别人听
没人时她哭自己听。一声一声
细数磨难和委屈
后来有同龄人去世
她也仔细哭一阵，怜悯一阵
最近两年，村里仅剩的
几个同龄姐妹，相继往西
她开始不再哭，连一点
该有的人情
都看不出。只用平常的语调告诉我们
在儿死了
娇儿死了
就埋在那里。喏。就那里
她用的是她们的乳名
她告诉我们她们死了就像告诉我们她们回家吃饭了一样
她是我乡下的奶奶。有点
长寿的奶奶
她跟我说起时已经不像这个世上的人

一只蹲在树上的鸡

一只鸡蹲在树上
一群人围了过去

林小七说它像哲学家，正在思考生活
王飘飘说它像个舞者，准备振翅一飞
丁硕马腾说它一定是累了，亢奋了，失意了，受表彰了
杨木木沈端说它倔强，傲慢，呆傻，泰然

还有人说这是一只有思想的鸡

有人说这是一只特立独行的鸡
有人说它来路久远
正细听头上千百年前的鸟鸣

我是唯一一个没有说话的人
当他们讨论完蹲在树上的鸡（事实上那只鸡不一会儿就飞走了）
转过来问我：你觉得呢？

我觉得？
我觉得它就是一只鸡，就是它自己
它什么也没想，只是恰好
蹲在了树上

——然而我什么也没说
我蹲在了自己的树上

开门

在一个夜晚
一个朋友，在院子外面，远远地喊我
她要到我这儿来
和我一起
我趿着拖鞋
从空荡的房间，穿过空荡的院子，向院门跑过去
在月光下
我跑得太过专注
忘记了事情本身
当我打开门
我啊的一声尖叫
被蓦然出现在眼前的人
狠狠骇住
我忘记了门外的人
我忘记了门外的人在等候
我忘记了我原本就是去给门外的人开门的

那些美丽的羊

在芦苇深处
一小块儿空地上
吃草
日落之前，我没有经过它们
日落后，我不会
看见它们
相对于一个偶然
来到这里的人
它们比我更喜欢
那些飘摇的芦苇，零星的青草
和越来越
远的天空
它们不知道我在那儿待的
一小时零八分钟
它们不知道这是秋天

陈子昂墓前

是什么将我带到了这里。
青苔刻石。枯叶染地。梓水
送来比生命还要长的流逝。
我为什么会来到这里。
当一个人执意走进灵魂的窄门，
在地球上独坐。
当灵魂又聋又哑，衣不蔽体。
我深深的爱在手指垂落。
有一天我也会听不见，
有一天我也会，什么也说不出。
而语言的骨头，泪水的骨头，
不会停止。
那让你涕下的，如今，也深含在我们眼中。
它比我清澈，固执，像露水存于原野。

我将永远寻找你，
直到眼泪再次滚落，
又一次
为我们塑造血肉之躯。

梧桐畈

你一定到过梧桐畈
在他的身体里，像爱一个人那样走过
像爱一个人那样
用过他的一些故事，一些绿，和一小片晚云
然后夜幕降临，星星和村子走进你的眼睛
池塘边的长椅还留存着树木的温和与力度
人们一个一个走过去，坐在那儿
找寻记忆中的香气
或香气下的雨水
在他借众人之口，说出他，他，还有他时
他知道他就是他们。他们就是他
月亮无声无息，在水里独自躺着
一只野鸭在旁若无人地划水
我低头，分辨，倾听那涟漪
我想告诉你，在千千万万的人中间
端坐着我的莲花。

参加一位老人的葬礼

大雨从空中倒灌下来
让人发抖
现在，最从容最无需躲避的
就是她了
生前我没有见过她
我能感觉到自己
对死亡的冷漠

我不怀疑我是个冷漠的人
这个世界上，只有少数的人
见过我流淌的泪水
更多的是
像现在这样
我走在他们中间
走在运送死亡的路上
像一片移动的空白
而她，填补着这空白
雨水继续冲洗，仿佛带着天空
所有的重量
没有一个人停下脚步
没有一个人，为她哭泣
我想起夜里的歌声
反反复复唱着
天上好多星啊地上好多人
而我总听成
天上好多人啊地上好多星
突然感到一种，奇异的，蓬勃的情感
正流向她夜空似的脸庞
最终，不是死亡让我们相聚
而是意外的，必然的，遗憾与怜悯，将我们连结。

吃

喝完最后一口粥，抬头，
从我坐着的角落一眼看过去，
到处是张着嘴的人，
到处是张着嘴吃东西的人。
到处是咀嚼的人，吞咽的人。
吞咽，咀嚼。
咀嚼，吞咽。
好像世界就是一个喉咙。
好像每个人就是一个动作。

每个人就是吃。
去到一个地方是为了吃。
做一件事是为了吃。
说一句话是为了吃。
饥饿的时候吃，饱腹时也吃。
快乐的时候吃，悲伤时也吃。
好吃的吃，难吃的吃。该吃的吃，不该吃的吃。
我们看着每一个人吃，所有的吃。
我们也吃自己。

让我们一起埋头苦干

伸出你的手，紧紧
握住我的
迈开你的双腿
夺取
你身下的版图
用你的唇
吻遍这人世
用你的霸道，温柔
长出星星和翅膀
一江春水
没有归途
让我们一起埋头苦干
埋头
苦干

没有归途。

诗选本

Chinese Poetry

Selection

喜马拉雅运动

村里的牦牛退到了山脚
藏北的野牦牛逼近雪线

拉萨小檗叶如红纸
野丁香枯黑，泪痣般的栒子
刺玫之刺苦若焦糖
我辨认着风的颜色
仍在周末爬到半山

悬崖上，阿尼的白云之路
步入寂静的尘土
修行小屋是一块石头
门窗紧闭，门前的独活
拆除了倒伞形的花伞
撒下明年的种子，我身边
伟大的玛尼堆是三块石头
的造山运动

与一个地质年代名词相互辨认：
新生代第四纪全新世，人类世
辨认山顶的一只鸟：飞机里
装着下山换季的游客
天葬台上方，一只鹰鹫向我俯冲
索取它的前世：恐龙灭绝的那一天
前足化作翅膀飞上了蓝天

白云出城

正午，地球停止转动
脚跟后坐，牢牢地钉在地上
它与烈日在顶牛

在拔河，裸露的喜马拉雅群山
没人对爬坡的我叫一声
嘿，你身后有一群牦牛

直到一阵清风
把我从昏沉中唤醒
眼前白云耸立
在西边的山梁
投下巨大的阴影
更多白云翻越山梁出了城
公交车永远在城里打转
啊，那清风来自山顶寺庙旁的
一棵树

杀柚与羊

中秋节，妻子买了个大柚子
福建政和柚，圆润饱满
坐在桌上如一尊金黄的菩萨
我没有杀过鸡鸭，杀柚
也非我的惯用语（我说剥柚）
但我操刀，在它浑圆的身上
从头到脚，划下交叉的十字
“柚子甜蜜，并且善良”
昨天，妻子又说，天气越来越冷了
哪天去清真寺那买条羊腿回来
我说好啊——我又杀了羊，杀了

羊的咩咩声——因为同时我心里
涌上了那个洋洋得意的句式
那一句颂词：羊肉味美，并且善良

打水

从色拉寺后山打水回来
灌木丛中的沙路沙沙沙
仿佛通向大海的海拔0
秋风吹着脚趾，我的沙滩鞋
应该换季登山鞋了
接着是325级石级
双手中结实的泉水使我平衡
但数数一再错多对少
注视石头上的绿度母
天蓝的药师佛和怒相护法
“度一切苦难病痛无明”
上山时我两手空空错少对多

那个赶墟归来为我们兄弟姐妹带回甘蔗的人不在了

黄昏，我在村口等待的那个人
赶墟归来带回盐、灯油和甘蔗的父亲
一小截甘蔗，母亲用菜刀将它分为六片

三月，我们送他上山
回到他空出来的堂屋上厅里
雨后明亮的阳光从天井照下来
叔婆、兄弟姐妹、姐夫、妯娌
和孩子们挤成两排照相
孩子们在他的新坟周围
密密地种下了黄豆

父与子

我握着父亲的手
看着父亲停止呼吸
另一只手贴在他的额头上
感受着他的余温
默默站着——叔婆跨进房间
惊呼，不好了
你不知道你的父亲去了啊
我知道，知道的，叔婆
——也是对闻声赶来的大哥说
二哥去拆门板
在堂屋搭起灵堂
我收回双手紧握成拳
这就是一个儿子最后所做的
两手空空紧握成拳
击打，一月冰冷的空气
躬身站着，头抵穿过窗棂的晨光
父亲终究不假外求
轻轻吹熄了油灯，但不再起床
这非父亲之意，依他的性格
他甚至愿意自己收拾自己的遗体

神迹：仓央嘉措情诗最后一首

脚印留在雪地上
他未行神迹
被诏执京师
离开拉萨，踏上风雪之途
他未行神迹
他死于青海湖边
未行神迹
他在最后一首诗里
祈求一只野鹤借给他翅膀

到理塘转转就回
在拉萨的一个酒桌上
我听人高唱过这首诗
酒神附体使他的面容晦涩
去了转世的理塘，大汗淋漓

无辜

当我手持剑桥科技史，西山就显得
更加无辜。说到科技史，
想起兴奋剂：两者都是隐形制度的逆鳞。
这可是无敌的制度——
它设计了细腰蜂的细腰，设计了
大象的长牙，又让细腰蜂、大象和枯枝重返了
高高的树杪。

芳邻

何谓西山？除了白雀寺，就是柏树、松树，
还有恒河沙数的幽灵。这些芳邻都是
伟大的教育家，他们小声
嘀咕，却被误听为群蝉聒噪，
——然而，不，嘀咕与聒噪都越不过
两指宽的西山路。
西山路以东，聋子与哑巴混成了茫茫。

上游

麻雀掠过灰色的办公楼，它的小翅膀
蘸到了青年科长的一滴忧愁。
这忧愁的地下河，可以溯源到局长、厅长，
以及满头飞霜的老部长。
麻雀蘸到了一滴忧愁，惊悉了无垠的上游。

保密

西山以东，是西山路，西山路以东，是若干个
小区，小区以东，就是保密的渠河。
米兰丛生于渠河两岸，不欲暗薰加入任何男女。

弹奏

那个女生为考音乐学院，买回来一架从德国
进口的三角钢琴。当时秋风正紧，
十余只白鹭弹奏着流水，偶尔跃出鲫鱼
般的休止符。几只松鼠
弹奏着松针，无数松针相互弹奏，
根本分不清键盘或手指。
秋风的手指呢，也从黄叶滑向了真理般的枯枝。

作业

乌云策划着豆子般的雨点，洒向了——
不是昔日的水田——而是下午的U咖啡馆。
那又有什么区别？当我冲泡
一壶白茶，那忽而旋转的反而是往事。
什么都在加速：不过——像虎爪，也像鱼尾纹
——已经探到了二楼，碰到了我的额角。
就在安业街五十五号，在安业街
和桂苑巷的夹角。不过二十来分钟，小邓还
没有磨好咖啡，她的五年级女儿
还没有写完作业。

余晖

那不是一口痰，而是一堆水蛭，吸附于你的
喉咙内壁。三爹，你加入了扑克协会，

又加入了落日协会。洗牌的时候，
你用枯枝般的手指，夹入了一张点数不明的余晖。
你用急性子，用嘟哝和咒骂，居然干掉了
水蛭协会的小半个会员。

宽恕

宽恕之语义，其一，可能呢，就是慈航
与花椒的混合物。麻了心。
其二，也可能呢，就是高傲的花边。
像秋刀鱼蘸上了柠檬，这高傲
好看又好吃。
其三，还有可能呢，乃是无力感的蛋壳，
蛋壳的彩绘。接近于某种掩体。
其四，不是没有可能哦，就是自私，
为了把莽汉们推向不宽容的针尖。
其五，很微妙，宽容也有机会成为借口、面具或
歇在大象背上的小麻雀。
这篇袖珍论文的结束语，不得不狠下心来
降低俏皮的浓度：如果不是坚持宽恕，
我们早已四面悬崖。

放弃

移动公司升级了西山的基站，我仍然拨不通
任何一棵黑松。松针的万千电波
也接不通我的神经的银河系。就这样，
黑松和狐狸精在被辜负的刹那就精通了放弃。

巧舌

从绵阳冲来了几条死鱼，干瞪眼，冲来了肉眼
看不见的坏消息。浪花里饱含着化学的巧舌

间谍，将涪江游说成了一个逶迤的未知数。

闭门羹

我要谈到三本书：一本书，像番茄那样轻轻
呻吟，像少妇那样多汁。一本书，
像老和尚积攒着必将降临的凤尾蕉，像铁树
闭了关。一本书（已经买了很多年），
像锦囊密封了原浆，像橡木桶私吞了决定性
的字条。我要谈到三本书，
就像谈到交欢、爽约，或彼此小觑的闭门羹。

修改

你有几个小孩呢，蒙面人？是男孩还是
女孩？如果女孩没有小蛮腰，
而男孩长了枝指，你将怎么修改？
你将怎么修改女孩或
曼陀罗的微毒，怎么修改男孩或河豚的剧毒？

放慢

又在加速！又在超车！前面就是弯道，
就是地狱……这么快，干什么？
要让写作放慢，让春风一毫米一毫米地吹过
驴耳朵，让地狱一匹瓦一匹瓦地显露出
灰黑色的屋顶。

任爱群 的诗

REN AIQUN

在春天

许多个黄昏，我俯身观鱼
夕阳下，它们之间轻微的摩擦
像极了这万物相爱，众生皆福

在春天，我瞧见茶农握着沾了汗的纸币
老人摘不到椿芽
瞧见……
我什么都瞧见了，面临重复的指责
太阳保不住泥质的时辰
鱼透过别的眼睛，明确了自己的宿命

此刻，我不计算时间
忘记斗转星移，轮流更替
目睹天上的云朵，睡成
一条趴趴狗
就觉得这人世
格外的好，格外的香，格外地听不见风
瞧不见活物，触不到底线……

紧迫感

傍晚，木屋在我们右边
空气流着丰盛的血液
一只鸟和我同时嘀咕
和我同时朝向一个太阳
你睁着一双浊眼
把额头对准上天
并对天长叹:我们抗议，他们却饱尝

仿佛是个先知者，早已察觉
早已就绪
先把我安顿在朝南的木屋吧
一个四四方方的建筑物
它不懂更多意义上的烦恼
也不知有人正在赶来的路上
击垮一道道围墙……

路过人间

基于同情，丢给狗窝一份食物
基于私心，我们努力拿走身体里的瘤
所谓得失，无非是我们路过人间
只是一场客居
多数时候，白雪经过发丝
落到树梢
青山就是净地，及锈迹斑斑的黄土，也是。
今年我二十有一
还没有学会指着星星狂欢欣喜
还没有学会看着，脚下的土地渐渐深陷
还没有目睹天上的一朵云，撞上高高在上的灵魂……

当我们说起爱情

当我们说起爱情
总能想到草原、野马，和书信
浪漫的色彩像给无聊的人世，给予安慰
一位老人在耕田时也和邻居谈起初恋
——我不记得花丛是什么时候最美
模糊可见的是一身白裙
不记得红色肚兜如何难解
可那夜色混着的风情意犹未尽

老人的半截寒腿陷入泥潭时
向上的部分在一阵风里摇晃
似乎看见了晨雾中的老伴
耕种门前的秧地
春风化雨，激情和着稀泥
关于骑马的承诺，长长的书信也带不去
让我想起歌中所唱："你爱上一匹野马，可我的家里没有草原……"

对话

你是山坡
无限地上升，蠕动
我是歇息在山腰的石头，落在沟壑、泥泞、草丛。决不在
马路中央

我该叫你父亲吗？
或是唤你一声亲爱的
我亲爱的，也许这条路上有某种我们共有的东西
比如同一场大雨、同一个太阳
比如货车、三轮、蓑衣
比如清晨的阳光和蔬菜、被丢弃的情书

某一日一个失明的人也曾经过
又许多年，一个孩子坐私家车陷进沼泽
他们单纯到都不知何为凹陷

我亲爱的，你见过了吗
作为一个没有内脏没有诗意的无机物质
你的身体阻止不了我的迫降
就像陨石穿过大气
摩擦，没有声响

终有一天
我退避三舍

沿着特定的路线滚落
从一场大雨里
识别人世的爱
和孤独

光泽度

月亮爬上黑乎乎的天空
老人们坐在门前，目光焦灼如深夜
这样的夜晚，因干渴对神充满敬意
我始终信任这个村庄
一根枯树枝在万物欢腾时，强忍寂寞
一颗石头也保持善良的本性
像一个失语的老人
在被取走时，又一点一点获得
赤裸的土地发出响声
它们未归还于主人
你看那些含着苦衷的掠夺者
把居心叵测戴在脸颊上
旱季让我们闻到了罪过啊
没能冲破地皮的胚芽
沿着这座病态的村庄哭喊:这月亮是暗物质
它缺乏光泽度

在村庄

从早到晚，走遍整个村庄
听见公鸡打鸣
又听见来自地底下猪的嚎叫
是的，瘟疫埋葬了数万头猪
或许正在我的脚下
这片阴阳混合的土地
对所有世事了如指掌

有人痛风，有人暧昧
有人在鬼节对一只死去的猫烧纸忏悔
村里人因抚慰死者而自我节制
身怀六甲的妇女站在门前若有所思
男人们靠着磨商量着明天
老人橡皮似的双眼，目光里一片昏暗

旧宅的人离去，荒芜显得穷凶极恶
隔壁的风声吹过了山头，似乎了解一切
我有意走进这片村庄
安静和快乐压着路的两头
凉风吹得我苍白孤单
我感到一种无声的沉默将永驻于此
仿佛百年以后的空旷
在此时已能目睹

阿德里安

那是1970年中期，
你的丈夫从家中搬出。
几个月后，他独自一人，
开车进入树林，饮弹自尽，
死在46岁。从此以后，
你的身上长出了新羽翼，
你呼吸到了一口呛人的空气，
你差点儿咳嗽得背过气去，
而后你大笑起来，
还好你没死在可笑的咳嗽上。
冥冥中自有天意。
另一个人从你体内生出，
不是作为妇女的生养，
而是作为人，朝向人，
跟随游走变幻的性和意志，
理性是公斤称的秤砣。
寒冷的冬天，你独自站在
大风的街头，你的康拉德
在天堂为你预备了一个左边
的座位，但你坏笑着，
跑向地狱，这里有耀眼
的光芒，炫目持久，
你是你床上的教皇，
呻吟声伴随着夜晚的
猫头鹰窥视。而你
拥抱了权力，拥抱了你身体
中原本压抑的那个性，
现在，是决断的时候了，
你毫无愧疚地怀着

杀戮的秘密长久生活，
你不朽了。

夫与妻

这是一生中的普通的辉煌时刻：
他们穿梭在一间空中之屋。
在这夫与妻的家，
远处，雪道形状的商场
十点前都会演出
当代戏剧。
亚当夏娃的引诱，
早已结束在伊甸园的虚构里，
而肉体鼓点的行军，
蒸煮着我们作为人。
生的碎屑与火焰，飘浮燃烧。
那么，我们共处：
短吻鳄对战蟒蛇，
虎鲸和对战大白鲨，
捕鸟蛛对战以色列金蟹，
科莫多巨蜥对战眼镜王蛇
……
当蟹子褪去自己的壳，
你分不清哪一个才是多余的。
晶莹的白色和靓丽的金黄色？
刚蜕壳的蟹子白如水晶
或者玛瑙，那是它一生
最为辉煌和脆弱的时刻。
黑暗中会发光，有：
口器、眼、尾节、毒刺，
没有翅膀——交配前
用毒刺拥挤在对方的肉里，
交配后，雌性杀死雄性。
蝎子和捕鸟蛛的客厅

不摆放十字架，
也没有书籍，它们
在一本书中对战。
当捕鸟蛛丢掉它自己的骨骼
它拥有了一副全新的骨骼。
你如何能判断哪一个是蝎子
脱掉的外壳呢？
答案：没有黑眼睛的那一个。

杀鱼

水流声冲击着鱼的身体。
哗——哗哗——
它们的鱼鳃被不熟练地剪断，
小小的肮脏的内脏被取出。
细腻的鳞片被剪刀刮呀刮。
我的丈夫钓回来大大小小
近20条鱼，
可是他不会杀它们。
我们要不要放它们回去？
我们无法杀它们，他钓鱼回来
却不会杀，并不忍心杀。
但是花了一整天钓鱼却不杀鱼，
这叫怎么回事？他先把它们
在水池边磕，砰——砰砰。
等它们死了，他用剪刀剪它们。
而它们中的几个在渔网里，
已经死了。“如果它们在路上
都死完，就好了。”此刻，
那种生机勃勃并不被需要。
他站在厨房的水槽边杀鱼，
我在厨房的餐桌上写这首诗。
终于，一整天的精神高热停歇，
它们即将转入一种松弛。

我如同一个转换器，
在接下来的时间即将
完成一次转换。
但精神的吸引紧紧黏住我
让我无法脱身。
我对精神上瘾——
我是香水酿造师。
我的任务是酿出世界上
最美的香水，即使
它并不存在。我摆荡着，
在物质和精神河流之间。
——行了！
我必须在此刻停止！
精神的上空，
充满危险的未知。

午餐练习

我亲眼看见
那截木炭就快要燃尽……
发出吱吱的肉声，
还有奇怪的婴儿声。
这让我吃惊，
与其说是疼痛，
不如说是分析。
当我带着那颗被重伤的心
走在商场的大厅时，
上方巨大的玻璃水晶吊灯
发出星辰一样的光芒，
我将去吃一餐午饭，
牛肉的香味调动了我的味觉
比如我此刻将牛肉送进嘴里，
牙齿反复地切着它们，
直到我可以吞咽下去。

我切的时候，
牛肉鲜嫩的滋味
得以在我口中停留。
如果我不去切，
香味就没法出来。
我们反复练习，
在婚姻中，练习分手，
练习离婚，练习上法庭。
就像我在诗里面
练习死亡，练习
修辞。我没有学会游泳
据说淹死的都是会水的。

禁止哀悼

秋天到来前，
引不起水的任何涟漪。
狼来了的故事，
在家庭悲喜剧中
一再上演。
三人照片，微笑着
摆在电视机下方
的茶几桌上。
结婚证书撕毁后
企图为自己还魂。
该洗的衬衣
还挂在白色靠背椅上。
——水池里的鱼
企图
刮掉自己的鳞片，
在冬天到来前，
学会——飞。

初冬来临时

“从伤害你的地方开始写；
查看是什么让你感到痛苦。”
——阿德里安·瑞奇

她在洞穴中挖掘，起初，
洞穴的幽深黑暗
让她一心想要逃跑
——但，洞穴越来越宽，
越来越大，她容身其中
感觉安稳，她深知：
这就是我的洞穴，我的家。
接下来的时日，她每天流连洞穴，
有时只是在入口处一瞥，但
心却已经开了花。
小时候，冬日的积雪
财宝一样堆积在村庄后的田地头儿，
她们就在寒冷里面挖掘、修葺，
将白色的厚雪，
变出桌椅板凳火炕，
再修出入口供人前来拜访。
在严寒中挖掘身体却不停地发热，
有时候耳朵冻伤了，用冷雪搓一搓
就暖和了——这是另一个洞穴
另一次挖掘。
从寒冷的地方挖掘出热，
将痛苦和欢乐并置，
平等地查看，
无中，生有。

在另一个时候喜欢

从来就没有什么赞美
赞美的都是虚无

时间不会是一条向前的直线
它在全世界同时滴落

人们隔着墙摸雨
摸到的是光阴的灰烬

我喜欢自己处在另一个时候
像我喜欢你

你还是那么干净
像水中的一块石头

在水中而不是在空气里
多好啊！是因为，而不是所以

自然会有办法的

去年埋下的种子
现在还没有发芽。
别人家的花在开，别人家的棺材。
周围那么黑，看不见也无妨。
不用担心盲人、瞎马、悬崖，
船到桥头，自然会有办法。

我说的那些事并没有发生。

种子还在果实里，棺木还是一棵树。
一切形同虚设。
不必猜测生命去往何处。
雪落高山，霜降平原。
大海怎么办？伟大的自然会有办法的。

世上的盐

有时候，我们躲避光像躲避雨。
有时候我们拥抱光
像拥抱盐。盐就是光。
第一天，从大海里取水。
第二天，等待阳光的照射。
第三天到第七天，晶体形成。
没有人再关心报废的海水。
它的命运跟上帝扯不上半点瓜葛。

把海水退还给海，把舌头吞进肚子，
把买来的盐分给人民。
一粒盐的一生，最多有三个愿望：
“一、愿所有枯槁的人都记住我的名字。
另外两个我不愿提及，
正如桥拱下，刚好有你我的倒影。”

恍惚记

找不着北的人，
只能动身去南方。
盗墓的人往哪儿走
都是走向死亡。
我见过许多认死理的家伙，
他们一辈子只朝一个方向活着，
活得还挺有意思。

逐日的人像葵花，挖矿的人像穿山甲。
捉迷藏的人当中有我。梅雨之后
我们终于天各一方，散开的肉体像水墨。

想要的生活

旧年新时，我给自己沏了一杯茶
像是在给自己祝福
但这都没用
再多的爱也不顶用了
“生活不会给你带来诗”

世界的一半埋在土里
士兵向右转，女孩成新宠
生活给了他一个理由，让他跟随我们
但是他不要
他说衰落的过程
就是他来这儿的目的

单腿站立

我曾经和一个同学
比赛闭着眼单腿站立
看谁坚持得更久
有那么一瞬间
眼前的世界消失了
我进入了另一个时空
像梦境一样
石头悬浮，白鹤飞舞
等到我睁开眼，放下右脚
左边的一切发生了变化
我丢失了我应该拥有的那一段人生

遗忘来得如此突然

峡谷在搞开发，准备修一座公园
从桥上望下去
溪水一天一天变少了
以后估计会更少

以后我们都不会记得
现在峡谷的样子
这也没什么
峡谷也不会记得我们的样子

遗忘来得如此突然
何处飘来少年的歌声
趁早拍几张照片吧
世界已经荡然无存

大团圆

枕头软塌塌的
我们的拖延症犯了
但是在下雨
湿漉漉的灯光中
有人出现在敌营
不是呵呵呵的那位
游行的队伍
走到花园外就散了
本质上，他是个诗人
用洁白月光开路
以烟花爆竹续命
看上去很中国
有一些关于理想的宿命论
天快亮了

山水藏在薄雾里
等待大团圆到来

鸽岛

童贞在大海的眼眸中闪烁。
你从窗帘的后面，偷窥鸽子窝，
那阴郁高傲，预测生死的海的祭司。
星辰微凉，一面面死亡之镜，
与海面平行，照见了我们。
我们聆听金合欢的黄昏，
无止境地自我赞美……

永恒的赞歌，可能的美学，
充盈着鸽子的心脏。
你踩着高跷，在海的迷宫中舞蹈。
夜晚的鸽岛，成为一具开满鲜花的棺椁。
散发出墓地的芬芳，抚慰着悲哀的玫瑰。
哦，又是一个七月。
哦，一个令人绝望的启示。

扬州慢

流水修剪你古老的容颜
迷恋骸骨的人从琼花下走过
越过层层叠加的历史菌菇
我们翘首眺望
苍白的祖先们围坐在井栏旁

苔藓保持警觉
肾蕨从水镜中提取尘烟
带翼山民负琴而出
广陵散，血染的云朵

迷离于巷间之间
抱薪者点燃微暗之光
——一次性的火苗
只为他自己

在水的黑夜中
我们凿穿火焰
在小夜灯的指引下
我们沿鲜花木梯向天空攀爬
偶尔回过头，俯视河岸

木匠的儿子

人类在傍晚的时候
失去了一个形象
具体情形，已无从考证

木匠的儿子
为了摆脱木匠的命运
打造一具绞刑架
（哦，做成了十字架）
它升降，从不停歇
成为永恒的梦境
保留在我们贫瘠的记忆中

刽子手的胡须上沾满鲜血
维罗妮卡悄悄打开汗巾
寻找那唯一的形象——
没有眼睛
没有嘴巴

白鹿放归青崖
香客在芭蕉树下焚烧偶像
每一面镜子中

都看到了木匠的儿子
没有眼睛
没有嘴巴

我们隐讳地承认
人人都是木匠的儿子

离歌

山水在谈话，云与雨的离歌。
迷惘的琴弦，理解
一朵玫瑰花的朽烂。

朝菌和蟪蛄，居住在石头中。
黑暗简化了事物的面孔。
理发师弹奏苍白的草茎。

一碗清水，尘埃的梦呓，
倒映苍老的皮囊。
墙上的人，没有头颅。

世界沉默如是，虚伪的影子
纷纷坠落，倦于贞洁。
羞怯的平衡木，走向远方。

对饮

你苔藓的静默。
伫立在阔叶林的阴影中。

五月，风暴的峭壁。
你捡起松果，跨上灰马，
越过开满蔷薇的山丘。

一枚榛子，少女指南针。
你从尘世的烟霞中出走，
穿过坡地，走向林中坛城。

羽状的玫瑰火焰，在绿色星辰上，
燃烧。薄暮时分，我们取出烧酒，
对饮。一杯又一杯。

形与影，携手天地间，俯仰啸歌。
混同于野兽，载歌载舞……
震落树梢间无数的尘埃。

请求

把原来的嘴还给我，
我要喝水。

把失落的双眼还给我，
我要巡视我的渺小王国。

把那把残破的瓦刀还给我，
是的，泥瓦匠的活计使我安心。

把愚蠢的权利还给我，
我要在梦中沉睡，永不醒来。

哦，羞于说出战栗的少女。
那是寂静的水蚌，最后的请求。

夜访鸠摩罗什寺

我从西方来
我从喧嚣中来

夜雨滴落在梧桐树叶上
在汉语中，我安下一座隐秘的家

薪火只能摧毁我们的形骸
舌头终将化为舍利

我们成为自己的供奉人
供奉舌，供奉语言

不可言说的
皆密封于塔，深埋于地

无所住心者
在塔下徘徊

我认出了我的一位父亲

我从树上走下来
我认出了我的一位父亲
他阴郁，沉默
口中吐出一朵浑浊的云

我从花中走出来
我认出了我的一位父亲
他污秽不堪，满嘴淤泥
脚踩一片清澈的湖水

我从石头里走出来
我认出了我的一位父亲
他纯洁得呀，让我们羞愧
全身赤裸，双手长满了古老的苔藓

我从人群中走出来
我认出了我的一位父亲

他戴着面具与枷锁
正在表演永恒的傩戏

我从火苗中走出来
我认出了我的一位父亲
他提着一桶水
是的，他要浇灭我

在天府广场

在天府广场
一个七八岁的小女孩
发给我一张传单
大概意思是
他们要出一本书
寄给山区的贫困儿童
希望我捐十五块钱
之后
我给了她二十
她找我五块
雨就是从这个时候开始下的

我们站在原地

我们站在原地
原地是一个点
我们站在点的里面
我们比点要小
也有比点大的
他们站在点的外面
点的外面就是原地的外面
当然，原地的外面
不叫原地也不叫点
原地的外面有很多东西
其中一个叫逗号
如果他们
站在句号上面就好了
他们站在逗号的上面
永远过不来

路口的风

我站在路口
等你
抽了两根烟
第二根快要
抽完的时候
看见你走了过来
你走得很慢
风也吹得很慢
我笑了
你像是被风
吹过来的

比起邻水广安我真的很陌生

从人少的地方
逛到一个人来人往
的地方
我成了来来往往的人
中的一个
我尽量像其他人一样
走得有节奏一点
有精神一点
让他们看不出
我其实不知道
接下来去哪里

我想骑牛

长这么大
我还没骑过牛
以前我遇到过一些牛
但我没敢骑它们

现在也差不多
如果现在遇到了
我肯定照样不敢骑它们
我想骑牛
可我不敢骑
除非是有这么一头牛
它能乖乖地跑到我面前来
请求我
一定要骑它
除了我
它任何人也不让骑
那我就可以放心地骑它了
这时我就会像
骑一匹马那样去骑它
甚至是一匹最英勇的马
尽管我也没骑过马

故事的开头

有一个女孩
一遍又一遍地告诉我
她失恋了
我想了想
给她讲了一个
那年我在秋后的稻田里
奔跑的故事
我说
我越跑越快
最后撞进了一个
稻草人的怀里

剪头记

星期天下午在理发店剪头

老板问我，怎么剪
我正想如果他不问我
我坐下来的时候就这样说：
帮我把左边推掉，右边推掉，后边推掉，前边修一修吧。
现在他问我了
这种感觉真好
我可以按我想的那样告诉他：
帮我把左边推掉，右边推掉，后边推掉，前边修一修吧。
谢谢他，他按我说的在做

情节

——给W

我不会写小说
但有时候
又很想写小说

必须承认
如果让我写小说
提到最多的情景
将是一场大雾
和另外一场大雾

我接着写：
“两个孩子
蹲在大雾里”

和一个女生擦肩而过

雨落在她身上
她抖了一下
然后雨落在我身上
我也抖了一下

我们当然要抖一下
世界上所有的喜悦
都要抖一下

松毛燃烧以后

松毛燃烧以后会散发一股好闻的清香
这是我很早之前就知道的事
但我为什么今天才写下来
这就说明一首诗的形成
需要时间的酝酿以及天机的开启
下面我就说说这个天机
此天机非彼天机，此天机并不玄妙
就是我写这首诗之前
在门外的松树旁抽了一支烟
抽完后我将烟头扔在了一摊松毛上
因此松毛被引燃，因此
我闻到了松毛燃烧时散发的清香
那可真是一股久违的清香啊

午夜时分，一辆拖拉机穿过寂静的山村

午夜时分
我正在一个公众号上阅读
特朗斯特罗姆的诗
我所在的房间里
顶棚之上
有耗子窜动的声音
接着传来了
拖拉机的响动
由远及近
在如此寂静而漆黑的午夜
一辆拖拉机
顺着山路驶来

又驶去
特朗斯特罗姆说
这是语言

少女

她刚洗过澡，或者
只是洗过头
她的头发很长，披着
有点湿，还有点乱
她匆忙跳上公车
一边跟我说借过
一边贴着我的右侧
穿了过去
她穿棕色长毛衫
她很漂亮
我回头看了她一眼
又继续望向窗外
公车已经开上了高架桥
远处的苇草
缠绕着池塘
一点点风，一点点阳光
涌进车窗。我注意到
我的右胳膊上悬浮着
一丝金黄的长发
阳光照着，风吹着
它在我胳膊上
小幅度闪动

在驾校的一天

阴雨的天气
我们在黑房子里

等待。其中一人
在外面练倒库
我们围着简易床板坐下
拨弄手机
抽烟
没人说话
极静
抬头
敞开的窗扇
铁栏以外
光秃秃的山
山顶罩着浓浓的烟雾
这样的氛围
丝毫不觉得沉闷
开水
通过暖气片发热
我们通过香烟
打发时间
我们吐出的烟雾
通过铁栏
与山顶的烟雾汇合

我是一个不够果敢的人

我曾有过诸多犹豫
就在刚才我也犹豫了一下
我犹豫要不要抽一支烟
我抽烟好几年了
从未在父亲跟前抽过
现在我跟父亲睡在一起
但我真的烟瘾犯了
父亲已经开始打呼
我担心打火机的声音吵醒他
我犹豫了一下

但还是掏出烟，点燃了
点燃后，我才觉得
这样的事情不该犹豫

密集的鸟叫使我内心发麻

天将晚的时候
我放下茶杯
从电炉子旁起身
来到门外的空地上
落日已完全隐去
只有一些羸弱的霞光
在山梁上浮动
鸟雀们集结在一棵
光秃秃的矮树上
如此稠密的团体
使我感到厌倦
再加上它们
密集而紧促的叫声
让人内心发麻

父亲节

昨晚父亲给我打了电话
我在超市门口看电视
因为嘈杂没有听到
看完之后一点多了
因为太晚我没有回电话
今天中午下班
给父亲打了三次，没人接
刚刚又打了一次，接了
我问吃了吗
他说还没

我说家里还好吧
他说都好
我不知道说啥了
我们都沉默了一下
他开口说，他在内蒙古左旗
我瞬间感觉难受
又明知故问：在那里干吗

山顶不是尖的

他们以为山顶是尖的
跟圆锥一样
有一个锋锐的端点
他们从四面八方
争先恐后
顺着不同的坡面爬上去后
面色惊诧
觉得不可思议
原来山顶是平坦的
这时他们望向其他山顶
他们就知道
那上面也是平坦的

党河夜行

这来自阿尔金山的河水，
为我带来问候。
每一朵粼粼的波光里，
都有一只盘旋的鹰。
它们的翅膀，仿佛驮着雪山的银子。
也仿佛，敦煌的飞天
携恩出巡。

一枚“叶子”奇石

一枚叶子
一枚金色的叶子
它不是石头的碎片
它是它自己

它有自己的纹理
也有时间给它的衣裳
它有呼吸
有心跳

在阿右旗
它拴在一根黑色的绳子上
混杂在许多石头中间
像故知

阿右旗之夜

这夜

太寂静
月亮已经散尽光芒

宾馆里太热
街道上又太冷
十点不到，沿街的店铺都已集体打烊

想想远方
又抬头看看天上
今晚的月亮饱满、孤独
像一个人，低头走在阿右旗空旷的大街上

额日布盖的信任

在额日布盖大峡谷
崖壁一直在剥蚀、倾斜
仿佛，整座山都要倒下了

牧人们，就拿来身边的草枝
支在倾斜的崖壁下
这是多么徒劳的努力啊
但牧人说：山，会明白草枝的心思

千百年来，额日布盖的崖壁
一直都在剥蚀、倾斜
但至今，没有倒下

曼德拉

一群羊，不见了。
一群，跳跃着的岩羊、崖壁上打斗的北山羊、沉思中大犄角的盘羊，不见了！

一群鹿，不见了。
一群，把河流顶在头顶的驼鹿、身披风雪夜的梅花鹿、胸口点灯的白唇鹿，
不见了！

一队猎手，不见了。
一队，骑马的猎手、张弓的猎手、擎鹰的猎手，
不见了！

曼德拉，一片寂静！

陷入寂静的，
还有鹰走后的天空，羊走后的崖壁，以及
猎物消失后，黑色玄武岩上，一只
凶猛的老虎。

巴丹吉林

66个湖泊藏在沙子里
湖水永不枯竭
巴丹吉林，是怎么做到的？

一边的湖水咸，一边的湖水甜
甜的湖水长水草，咸的湖水结盐碱
而沙子不咸不淡
巴丹吉林，是怎么做到的？

风吹走了一座沙山
风又吹走了一座沙山
而沙山还是那么多
巴丹吉林，是怎么做到的？

有人种草，有人植树
巴丹吉林怀抱湖水，却只生长沙子
人做不到的，巴丹吉林都做到了

天空有字

“你看，乌云gu dui dui地
天，要下雨了！”
顺着老人的指尖
我看到天空云动，如翻滚的岩浆

多么灵动的词啊！
“gu dui dui”地
可我无法将它写出来

“你听，雷声guo za za地
老天爷，要收人哩！”
在老人惊惧的怀里
我听到头顶雷声如劈，势不可当

多么威严的词啊！
“guo za za”地
可我无法将它写出来

问过无数人
也翻阅过许多字典
我都没有找到老人们说给我的
这些来自天空的词语

我想，只要眼里有gu dui
心中有guo za
何必一定要把它写到纸上呢？

雨后

云朵，退到天边，让出了草原。

探出头来

轻嗅毛莨花的草原鼠，
机警地返身回穴。
花瓣上那粒晶莹的露珠，
就掉了下来。

更多的露珠，轻伏在
花瓣上。
它们的内心，都有一扇鹰翅，
在盘旋。

不远处，鬃毛披垂的河曲马抖了抖身子，雨珠
四散，
而成彩虹。

让我感到羞愧的一件小事

在同样的地点
一个不同的老妇人
扒开绿色的垃圾桶
在寻找

她用手
扒拉那些肮脏的垃圾

她说
肯定有人已经捡过一遍了

我以为她会放弃
因为已经确实没有什么可捡的了

没有硬纸壳子
没有矿泉水瓶
没有废报纸

可她
却从她的蛇皮袋子里
拿出一把铁火钳

一片一片地
夹起那些小纸片

我根本无法知道
像她这样
要夹起多少块小纸片
才能够卖出一块钱呢

让我无比羞愧的是
在我手里提着的垃圾袋里

却连她所需要的
一片小纸片
都没有

只有一个人懂得你说出的“哎”字的全部意义

当两个人都老到羞于说出爱这个字眼的时候
那么什么字眼是最宝贵的呢?

有一些人是彼此的名字
有一些人是“他爹”“他娘”
还有一些人不再用语言而用手上的某个东西敲击桌面
还有人只用更简单的“哎”

语言一方面显得多余一方面又显得不够使
他们有时候把想说的话简化成一个手势
一个最常见的手势是摇摇手

你几乎猜不出他是叫你过去还是叫你走开
在你还没有完全弄懂的时候他的手臂已经垂了下去

就像一个人一生已经花光了他所有的钱一样
他能够从自己的心里面嘴巴里面掏出来的东西
也已经不多了

只有他的老伴听得懂
他垂落下去的手
或者
他的那个“哎”字里的全部意义

突然想起上油匠湾老屋的水井

我坐在上油匠湾老屋的门槛上看书
太阳快要落山了
光线在逐渐变暗

母亲喊我去挑水
她刚从生产队的稻场簸谷收工

我已经上到初中了吗？
我已经比那对桐油漆亮的水桶更高了？

我想趁着最后一缕光线再看几页书
母亲急了
“你这个苕儿，成天只知道抱着本书
将来，你难道吃书吗？”

天空彻底地变暗
我站起身
从黑暗屋子里挑起水桶
走向湾子尽头山崖下面的小水井

那是一汪
从山体缝隙里
喷涌出来的清冽的泉水

多年之后
姐姐们还记得这些事
她们感叹
“现在的孩子，和过去我们那个时候
已经完全不一样了。”

一个五音不全的人是多么渴望歌唱

我在厨房里做饭并唱着歌
老婆在客厅听到了
跑过来惊奇地问
“刚才你唱歌了吗？”

我并没有意识到我是在唱
我只是在愉快地炒菜
一碗香喷喷的白萝卜已经炒起来了
“刚才我唱歌了吗？”

是的
我轻轻地哼了某句歌词
我五音不全
唱不了整首歌

我从来没在舞台上唱过
所以老婆非常惊奇
“刚才你唱歌了吗？”
她要我再唱一遍给她听

我尝试着清了清嗓子
我想唱出刚才我唱的那一句
我的嘴张了老半天还是没有发出声音
只能抱歉地对她说
“算了吧，我还是唱不了。”

山中之晨

黑暗之水轰响。电站小白楼
星星不需要数。
更清冽，一颗比一颗。

又一个早晨，跑步者再次孤独地
试图惊醒群山
而一个外来者
在群山醒来之前
听见藏在山坡，寂静持续的鸟鸣

不，机器也在水泥里轰响
更多的人在日复一日的看守中
吸纳着震动
试图去理解河水在转换中创造的
新的事物

最平常，最容易忽略的那些灯
还亮在不同的窗口。有的
忽然熄灭了：明与暗，睡与醒
又一轮交接悄悄完成

——天光已经大亮，星星
已经退隐，而河水依然在轰响
一部分流向下游，一部分
结成了冰，一部分升腾为水雾
其余渗入两岸的泥土

而在此之前，它们作为整体
合力转化为另一种发光的事物

天光不是被收起

仿佛光从山坡滑进心里
天一下子黑下来
有人带着羞愧去过另一种生活
有人开始用歌声呼应
心里的快乐
此刻沉默也被原谅
被从内部照亮
夜比库区里的水更深了
黑暗车厢外明亮的灯火
延长着告别的时间

坡上草

与松树相比，那些草更容易被忽略。
冬天继续深入，它们枯黄、收缩，想要以此躲过
更大的风雪。但它们并没有从山坡退去，而是
潜入山坡，紧紧地攥住泥土。
你看，山坡继续向上，那些松树更清晰。

沉默将他抬升

“鸟！”他脱口而出
因为不知道乌鸦和喜鹊在远处
有什么不同。沉默将他抬升
如同神话赋予他神力。
一切就这样注定：雪
抹掉了事物间的界限。
这茫茫人世，人群在找着自己的影子。
那是怎样的雪呀，那是怎样的乌鸦或喜鹊？
那个习惯了俯视的人，人们也习惯了
他的简化、概括和抽象能力

暗中转换

腊月十六的月亮在清晨的楼顶
像一个好久不见的朋友

我知道现在穿过地下道进入公园
将天光转换成太阳还不到时候

我知道若真的转换也不是不可
甚至可以在夕光中穿过那座桥

会有三两只白鸟在时间中忽高忽低
会有路人满含喜悦在人世无声经过

它知道自己叫旱獭

再过两小时就天黑了，它直立在
一个虚幻的土丘上，以命运
陪伴着命运。给它特意准备的落日
正一点点下垂。有点激动但依然保持着
比草原还广阔的平静。庄严的仪式
正在生成。那些雾霾的颗粒被
聚集在时间的手掌：星星
曾经是一群纯洁的看客，——依然是。
在惊蛰以后，在白雪之前，无论阴晴，
它能看见那下垂的，被送到唇边
的落日。它伸出肮脏的舌头舔过它。
听过它从惊叫里逃出的光线
折断的声音。它能看见落日在泥土里
一次次熄灭，一次次凝冻。甚至
黎明前两小时，它习惯了将日出等待。
这些它突然都看见了。甚至心跳
在模仿矛盾的节奏。更惊异的
是它知道自己叫旱獭，并且是

啮食之恶的首选。“还见过月亮”
它决定让这个秘密成为唯一的秘密

第十只白鹭

九数完，第十只
飞了起来。
静动了，平面
立体了。空气
有了斜坡。
关键是，它翅膀朝北
而其他的，头朝南。
最底层，河流依然向东，
井阔依然
一点点收束自己。
从时间中看
桥有点硬了
在桥上和夕光中
我有点虚了
落到河面
影子看不见

孙启放的诗

SUN QIFANG

感知一种

我们所言的真理
总是掏空现实的内脏
简单、直接、赤裸的章法

草尖上的露珠一一熄灭
环顾。庄严的黑袍
威权者四周的暗影深重而稳固
利爪锚住所有
却回收不了认知的万一

在劫难逃。被强制的感觉器官
是否又将
退化成人类的又一根尾骨？
当铁律拒绝稀释、变通、例外
锋利的正确性
只是世界的另一面

哦，我看到日落之处，垂死之城
燃烧的夕阳弹跳了一下
西窗剪辑出的古典女人
有雪山般容颜

白

我不甚了解白的初始之意。
小区的白玉兰盛开，硕大的白
将肉感的树叶
勒索得阴郁又沉重。

记得书房壁上的一幅版画
黑山间白水的白
如被一只大手拉拽，身形
压了又压
无限伸展的饥饿长舌。

餐桌上骨瓷的白
白发童颜的白
汉字从纸上逃散后的白；
污黑僧帽下
倚石的野和尚一身白肉空空如也。

小区的白玉兰不会成篡盗之祸
这暴露在风中
随意摆动的白
富态、从容的背后
有时时胁迫自身的深深不安。

大蜀山公园记

静悄悄走动，注意到
大蜀山的秋天已被桂花香搅乱

只需留意，大蜀山每天都是新的
江山也是
孤独是一种小闲暇
他远离人群，心里
装着无处不在又确实不存在的对话者

眼前无穷尽的台阶，并不意味着
朝上或者朝下
能够透迤到下一辈子

那只狮子够老。相视，彼此暧昧一笑

都熟知太多的
这尘世间不成文的潜规则

囚禁的脸

我的脸落在一本杂志上
平滑的纸面
墨香，处子般新鲜

平面的脸
被囚禁的脸
沉思，微笑
拿腔拿调的脸

风中飘荡的脸
污水中沉浮的脸
书橱一角越焐越黄的脸

人行道上
那么多垃圾为伍的脸
“噗”的一声
一只大脚踩上去
半边脸有厚重的麻木感

废物的脸
化浆池里的脸
成为一张空白
任何人都可随意涂画的脸

刀片
书桌前调节取景框般仔细
我说：“你好，下来吧”

冬宴

毕竟，这个世界制造了我们。

冬宴被我们制造；阳光匿于雾霾
火锅、烧刀子、油汗、肥厚的味觉
以及

中年妇人蹂躏般爱的巴哥犬神态
比我们更像人类。

我们制造出“里脊”这个词
片成纸一样薄的
新鲜、粉红、半透明的
需沸腾的红油，需脆嫩感。

同时制造出医学院标本室，洁净的冰冷。

一架剔除干净的脊椎
悬挂，如同杀人于无形的独门兵器。

食蟹记

突眼，外骨骼，五花大绑
正待下锅的蟹
嚅动的口器中溢出“嘶嘶”的泡沫

让老饕津津乐道的是
慢慢掏空的
蟹黄、膏脂、节肢中的条形肉
以及
分解一具躯体的快感

第一个吃螃蟹的人是必然中的偶然

偶然总会让人吃惊
比如非洲一族
喜食毛茸茸的褐色蜘蛛

想象螃蟹进食的画面
巨钳替代刀叉
食物链中端无所不食
有肢长两米的日本食人蟹
迅疾、沉稳，盔甲骑士的风度

被蒸煮出的螃蟹有醉意
宾服于醋、蒜蓉或更复杂的佐料
大杯的啤酒已端上
蟹兄，来来来
我们共饮这因泡沫无端而生的愤怒

理发

每隔四十五天
我都要去找弄堂里的那位理发师傅
三十年了，他给我剃下的头发
早已成为一片森林

师傅说，四分之一白了
他很肯定，可我
不可能只老了四分之一

我不知道我还能活几年
我和师傅见面八次
我的一年就没了
师傅一剪子下去
我的四十五天
便颓然散落在地上

为了多活几天
我决定长发、白须
乃至蓬头垢面

体检

在心电图室，医生对我说
你的心，还没到要跳动的时候它就跳了
我说，它一直就是这么跳啊

我的性子是有点急
凡事都喜欢打提前量，估计心脏受到影响

医生说，专业术语叫早搏
是一种病

我病了很多年了
我的生活已失常很多年
我不可能那么平静地面对一切
有时我哭笑不得
有时我悲喜交集
这些往往失去控制

我虽然不和别人比厄运
但我还是控制不好节奏
还是不够自信，我固执地认为
早跳总比晚跳好

网感

2000后，用这个词
消灭了我们

像一场瘟疫
快速传染

原来是因为代沟
现在是因为网感

我跟你讲不明白
因为你没有网感

我们在一刹那成了白痴、盲人
感觉，判断，认知，经验
一节节断裂，坍塌

作为六〇后，我服气

有结论说，这个需要天分
通过学习也得不到
它像一束光
可以感知，但无法捉摸

他们随便发明的一个词
就可以将我们抛弃
让我们成为外星人

这就是历史

右脚的大拇指

我走路时踢到硬物
右脚的大拇指肿起
后来指甲嵌进肉里，一直疼着
我用指甲剪尝试把伸进肉里的指甲掏出来
没有成功，并且每次都让我生疼
于是我就放弃了

白天没什么感觉
到了晚上照样疼
我发现越折腾它越疼，就一直忍着

生活于我，本来就是得过且过
背负着身体某一个地方的疼
会让我暂时忘了其他很多地方

神的孩子都住在草丛下面

起风了，所有的草倒向一个方向
一棵胖胖的草有点惊慌失措
一只蚂蚁从它身上吹起来
一棵瘦草惊叫着想接住
蚂蚁打了几个滚掉下来
它开始慢慢向前走
遇到自己的伙伴碰碰头
有的一起向前走
有的分开
风向另一个方向吹
所有的草又倒向另一个方向
小蚂蚁继续慢慢向前走
神的孩子，都住在草丛下面

今晚很好

今晚很好，我在天上
幻觉是悬在空中最明亮的部分
多少人举杯邀约
只有刹那间对影成三人
如果不是想把我从水中捧起
有个人可以写出更无垠的诗句
千年之后
一切看得依旧清晰

而你看到的只是我的澄澈
轻盈如袈裟包裹静穆的山冈
也随江河奔腾飘荡

我多么想只照沟渠
只照卑微的万物
我爱忠实于黑暗的眼睛
以及为光阴流下的泪水

我在云中辗转
孤独是暗夜的良心
今晚，真的不适合通宵睡眠
窗帘的缝隙里
始终有一线微光
提醒你看看圆满的背面

遥寄外婆

看到那些思念化成烟
飞到天上
看到那些思念变成灰
落到地里
而我无法上天入地
不知道您能不能收到
每年我从未改变的思念

23年　您很少入梦
每次入梦我都会哭醒
您心痛我哭您不来
您不知道就是在梦里
您的怀抱有多暖

这些年
我看到所有温和的眼睛
都是您的眼神
我听到所有关爱的语言
都是您的声音
只是这些越来越少了

所以我不得不常常想您
靠着记忆取暖

今生有憾是没有陪您
去看您从未提起的老家
当我日渐老去才明白
有些事是不敢提起
怕一孔蚁穴击穿往事之堤
滔滔时光散落一地
陪您回去时您不会跟我回来了
千里之外故乡的青山
是您最后的归依

现在想您我不敢看您的照片
我怕您看到我流泪会心痛
我就远眺衡山
我就远眺衡山
我的脑海里是您的坟茔
它是温暖的因为您在那里
我不流泪
我不流泪

不敢祈求您在天堂等我
如果祈祷有灵
愿您不要挂念我
不要挂念我的冷暖悲喜
而我的思念将延绵不绝
直到有一天我不能思念

感谢您让我知道
世界上有生生死死的爱与怀念
最疼爱我的人走了
我依然活着
代替她爱或不爱的时光
深情多过无情

住在朴舍

兜兜转转到朴舍的时候
时间缓得异乎寻常
我不知道这是不是幻觉

朴舍的女人
翘起的嘴角很慢很慢地收拢
她花一天的时间
收捡十平方米的屋前小院

鱼在缸里游，云在鱼边飘
窗台上的花在我走神的罅隙
开了一朵又凋谢了一朵
似乎在回放躲不过的结局

离开时她依然在种花
我随身带走了一段时间
还有一粒种子

油菜花的呢语

我不是花
永远也站不上高枝
用优雅的绽放
吸引仰视的目光

我不是花
不期待身边徘徊的脚步
默默孕育果实
才是我真正的价值

开放是低微的
泥土始终是唯一的情人

那份沉甸甸的爱
刻画出铺天盖地的金色
这仅仅是你看到的

我真正的幸福
是夏天密密层层的种子
让我憧憬
下一个春天

我的监狱

要建一座监狱，修在丘陵最高处
那儿人迹罕至
探监的只有飞鸟及白云
用我脸皮筑高墙
厚得过钢筋水泥
熬红的眼睛
可以铺成铁丝网
关押五脏六腑
让欲望的魑魅靠近阳光
变黑的心肠
单独关小号，接受清风教育
没有一条道路能通向监狱
除非自己动了手脚
最后我判自己无期徒刑
我死后，还要将这座监狱
无偿捐赠给祖国

雨中扫落叶

梧桐也是无奈
没招来凤凰
自己先黄了
引来一夜细雨
叶子忍不住就要掉下来
我也落在雨中
只为目睹地上泥泞
把街道伤痕掩埋
落叶趴在地上一动不动

扫帚只好停不下来
我走后没多久
又有一批梧桐叶
落在了新伤口上

命名

种在土地上的寺庙，长势良好
一直都有双手合十祷告
我喜欢根据色彩形状
命名为金庙红庙白庙黑庙……
可穷其一生
我还是无法一一拜访
更不可能握手所有神仙大侠
最让我尴尬的是那些普通寺庙
雨后春笋般冒出
我实在想不出好听的名字
为它们叫一叫
有次梦中相遇
情急之下，我只好自己先醒了

红嘴鸥又回来了

坐在红嘴鸥飞临的地方
我在辨认鸟中
有没有去年飞走的声音
红嘴鸥还是嘴红，羽毛洁白
依然忙着抢食
长江也没有长肥或瘦削
流水不慌不忙东逝
我也还保留着初见红嘴鸥时
那份喜悦
只是眼睛又老花一岁

潮湿，并试图在深秋早晨
从鸟中认出自己

第三次地震

下午6点，正淘米做饭
突然水晃动起来
大米开始激动
并试图浮出水面
“地震了！”我摇晃几下
像遇见故人
我先将自己扶稳
再把那些恐慌的粮食按下去
就算最后晚餐
我也得先完成上帝规定动作
后来还是忍不住
把自己挪到了窗前，往下看
人群如暴雨来临前的蚂蚁

再到爱情天梯

我曾经来过，带着满身热血
想踏平陡峭山路
爬得很高，走了很久，
天上有天，爱情遥不可及
最后半途而回
再次来到爱情天梯
尽管苟延残喘
可以再走一程
我却不愿意再爬了
去过的人请不要告诉我
爱情是什么
我要将它寄存天空

没见过就不见了
这样我还有爱情可期

看鸟

不同国家鹦鹉
飞进同一个铁丝网
站在枯枝上
用鸟语发芽
一只白鸟却孤单地
东张西望
最后目光长喙般
叩向网外的我
它身前身后
鸟儿们都在欢叫
而我背后金三角
寂静得只有千万吨阳光

立冬

门在门外，月亮在门外
有些晕染，有些淡白
在阳台上晾挂衣物
我从滴水中瞅见这换季的月亮

趁着月色给花草们浇水
我那么担忧
它们会渴，会孤单，会怕黑
似乎我的不眠

看见一寸寸的月光
缓缓地渗进叶间渗进土壤
那样柔软 虽然带着初冬的清凉
像门的缝隙
我暗自的悲喜

感恩之夜

尽管此时星星隐没
我知道，亲爱的你们已安睡
已经被翻过去的一天
可我。还有一句，一定要写下来

我想起了你的爱和拥抱
想起。恍然此刻你在夜里渐渐地靠近

“我亦如此深爱你。写下这句我是多么羞涩。”

我想起了你们，相知的灵魂
没有理由地喜欢
两杯咖啡
那些值得消磨的午后阳光

请容我也想起还未曾谋面的你们
那些感动和欢喜

“你让我多么深信，这世上的良善和慈悲”

我很容易想起，
你。你们的这些好。
感恩
需要大量的词汇和形容词

我唯一能做到的
就是赶在黎明到来之前——
写下“感恩”两个字

北风那个吹

这风呜呜地
刹那间
说凉就凉下来了

树叶翻飞
我在异乡的僻静集镇上
每个迎面的人都似曾相识

70多岁的母亲打来电话
中年不惑的我
仍是她独自在外的孩儿

亦是母亲的我

恍然觅见树影间那只振翅的小鸟
它们皆是我养育的孩子

不愿惊扰它们的世界
风渐渐平息下来
飞走的鸟们正朝着返回的方向

船行峡江

人到中年，内心的波浪已聚成湖泊
船行在峡江
江水亦平静　如我

上岸，石牌纪念碑
一个个陌生的名字
以冰冷的形式让我第一次认识

炮弹、火焰、刺刀
那场激烈残酷的厮杀
以排山倒海的声音激荡而来

他们是回不来了
就像这奔流逝去的长江水
而他们可能是孩子或是父亲

我放轻了脚步
怕惊醒了一个沉睡的亡灵
踩痛了哪具残损的身躯

离岸,船犁开江水
那些陈年的惊涛骇浪
在某一处隐秘地掀起

山里的土豆

极少人走的山路崎岖
伸出来的荆棘和灌木
也有斑斓的山色
直至再也没有路了
就到了他家

一大盘飘香的土豆上桌
长着土豆样颜色脸庞的他说
山里的土豆，自己种的，放心吃

吃土豆的我竟然
有了那么一丝不安

如土豆一样的山里男人
会不会有一天也被种进土里
像土豆，寂然无声

卓兮的诗

ZHUO XI

悖论

我走在路上
却质疑为什么要走在路上
我为什么不可以坐在路边
看那些人走过
我为什么要奔跑

我要去见谁
谁在等我

深夜

眼神即将被晚风吹熄
感觉到一部分自己脱离了自己
另一部分，躺在别人的车辙
被反复碾压

时间漫过房间
寂静卡住喉咙
一盏灯在燃烧夜色
我们枕着云朵，清醒地
做着不可靠的梦

向往

后来，你不再向往一只鸟
如果远方是海，天空会成为牢笼
翅膀，不过是羽毛做的

轻飘飘的装饰

也不能想象一条鱼对天空的幻想
云朵和月光，只是倒影
像水中的泡泡，你不断吐出
它不断破碎

陆地万物，过于坚硬
你行走其中，望天，看海
偶尔写诗，以梦境抵御梦境
但，不再试图击溃什么

寂静中的事物

松风敲门，等待
吱呀一声
雨要来，在下一秒
未知的下一秒，心跳在默数
秒针的轨迹

睁眼，深夜被视线填满
闭眼，视线被深夜填满

当雨滴灌进耳朵
心底，有两根针落下的声音
一根刺痛我，一根
治愈我

她

她的身体铺满月光
照见影子漏洞百出

她看一株晚香玉的时间
比看一个人的时间更久

她用指甲掐掉颓败的白花
直到月光也被掐成灰烬

她已隐于黑暗，抱紧自己
摸到满身的月牙

旧物

怀念古旧的木头
手作的桌子　椅子　床
木纹里　时间酿了沉沉的香

怀念停止的　褪色的手表
书信里的问候　落款　日期
岁月　时常出土一个人的文物

那朵开花的旗袍也怀念我
怀念我曾经的腰肢 以及
那段窈窕的花事

十一楼看雨

十一楼看雨
雨如针芒，被谁
一把一把撒下去
有秩序，有频率
不断被掏空的天空
跌坠得前仆后继

这与在地面看雨不同

在地面，雨是落下来
在这里，雨是落下去

十一楼看雨
洞悉微小的秘密
来与去
等待与降临
两种相似
却不相同的境地

薛贞的诗

XUE ZHEN

松鼠

走在伊犁河边
看河水平静地流
河边的芦苇
轻轻摇晃着身子
像一群手牵着手的娃娃

沿着木质的台阶
走过一片树林
一抬头
看见树杈上正蹲着
一只小松鼠

我拉近镜头
小松鼠珍珠般的眼睛
正瞅着我们
夕阳照在我们身上
风也停止了吹拂
小松鼠跳跃着
蓬松的尾巴稍纵即逝

古雅川山

雨下在窗外的平顶屋上
溅起小小的水花
雨下在光洁的水泥地上
发出鸟雀啄食般的声音

雨中的古雅川山

愈发青翠
山腰间挂着一缕缕白色的云雾
像是遗落在人间的信笺

黄昏迫近
雨越下越大
刚刚还清晰的各种声音
被庞大的雨声淹没
而古雅川山
如此端庄明净

多么安静的下午

忽阴忽晴的天空
终于彻底挣脱了阴云的羁绊
阳光破窗而入
海棠花粉红的花瓣闪闪发光
绿萝的叶子瀑布般倾泻下来

四周静悄悄的
偶尔有摩托车声响起
很快又消失在阳光的河流之中

雪

雪是父亲从玛曲草原放飞的白鸽
携着绵长的思念和殷殷叮咛
雪是母亲用青稞连同星光
磨出的面粉
喂养我们无忧的童年
雪是外婆家门前
翻飞的玛尼旗
每一次我抬头仰望

总想起外公慈祥的笑脸

雪是我和弟弟从白杨树林里
扫回来的厚厚落叶
温暖我们漫长的冬季
雪是二爸新培的坟头前
厚厚一摞纸钱
当火焰熊熊燃烧起来
跪着的我们流下炽热的泪水

夜的海

夜的海
看不到蓝色
也似乎听不到
浪花拍打海岸的声音

一个年轻的女人
带着她的宠物狗
在沙滩上逗留
她有时转过身去看海
有时蹲下身
抱一抱她的伙伴

夜色把海水染得比夜还黑
海只有一遍遍推出浪花
从岸上驮回橘黄色的灯光

那些墓碑活着

那些墓碑活着
渗入土里的血滋养着它们

它们整齐挺拔的身板
一如当年操场上的集合

都是那样地年轻啊
而且永远都那样年轻

他们只为打不上主攻而苦恼
他们是幸福的人

墓碑上甚至连名字都没有刻上
但他们是幸福的人

下班路上

地铁站里的蟋蟀
不是豳风里的蟋蟀
手机按键的水滴声
不是山谷深潭中的水滴声
而后湖，也不是湖
罗家庄，也不是庄
儿童医院站到了
而我，早已不是儿童

卷轴

里面是山水还是花鸟还是
高士或者仕女图
不得而知
抑或是一幅篆隶真行草

或许谁曾经打开过它
其实，卷轴不用展开
也显得很有文化

我只是觉得很遗憾
它就这么卷着
斜插在青花瓷画筒里
它胸中的山水花鸟
高士和仕女
就这么黄了，老了

花开有时

塑料花，绢花，纸扎的花
都是假花
假花永不凋谢，落上灰
用鸡毛掸子掸一下
色彩依然艳丽
只是假花再逼真再惟妙惟肖
总还是缺少生气——
真正的花，花开有时
且必定会萎靡，必定要零落
只是当其绽放的时候
蝴蝶会翩翩而来
蜜蜂会采到蜜
风来的时候，香飘十里

棋

每一步都经过深思熟虑
不到最后，没有胜利

你隐藏你的阴谋诡计
我猜透你的真实动机

好像真的在经天纬地
其实不过一场游戏

有人由此而更加精细
有人养成磅礴大气

我看黑白宛如太极
观棋，是秋窗下读《易》

狙击

伪装成一丛杂草
抑或隐藏在一扇窗子
或屋顶矮墙的背后
乌黑的枪管偷偷伸将出来
用一只不会眨的眼睛
把目标的血冷酷地喷上
瞄准器的十字架
狙击者，永远躲在暗处
从来不敢
光明正大

西溪南村居

这么多山

才有黄山

这么远的路
才算远离案牍

这么一把藤皮椅
面对油菜花田

这么一面西式泳池
仿佛方塘如鉴

这么白墙黛瓦
倒影于蓝色水面

这么抚一张古琴
遥想起夫子与点

母亲的猫

应该是很久以前的一个假期
应该是从城里回到老家的第一个中午
母亲把一个学期的分别泡在她腌制的桂花茶里
我们母子俩围坐在炉边，喝茶闲唠

那时，没有手机也没有电话
母亲不识字，写信又述事无味
只有端着母亲的桂花茶面对面地聊
才能品出乡味闲趣

记得那一天，母亲小孩似的说起她的猫
捡崽呀（她总是这样喊我的乳名）
你说稀奇不稀奇
我把这猫卖啦
它居然自己跑了回来
(此刻，我才发现猫偎在母亲的怀里)
母亲说，那是一天日头偏西的时候
一位五十开外的货郎先生路过我家讨水喝
母亲好客，就和他聊了一些闲话
那货郎先生看见母亲怀里的猫
猫眼光灵动有神，咪咪可人
于是，他提出想买我家的猫
他出价五块
母亲不卖
八块，对方有点求行个方便的意思
母亲说，二十块
(母亲断定没有哪个傻瓜会花二十块买一只猫的)
几经来回地讨价还价
最后那人出到十二块，近乎哀求

不知是出于被人诚意所动，还是觉得价钱不错
母亲答应了这桩买卖
那时，十二块钱可是个大数字哟
父亲一天来回跑五十里路砍一担柴才卖二块四角
半夜爬起来到公社排队买一斤猪肉才七角四分
村东头那个卖茶叶的老汉被车撞死了才赔三百块
一只猫十二块钱，真的是个好价钱
那人抱猫离去的时候，猫在货篮里喵喵叫着
母亲站在门口望着他们远去，眼角泛潮

第二天，母亲早上起来开门
那只猫竟然蹲在我家的门口
看着母亲喵喵地叫
母亲一把抱在怀里，眼角再度微湿
也就是说，那只猫当天晚上就偷跑回来了
母亲问，这夜黑路远的，猫是么样晓得回来的
我逗母亲说，被你养的有灵性了呗
大概下午时分，那人找上门来了
(可见，那人离我家大约有大半天的路)
母亲坚决不给
那人坚持要
又是来回地讨价还价（不过气氛还好）
最后，母亲给了那人十五块才走
母亲像个小姑娘，有点娇嗔地拍了一下猫，说
我一生没做过亏本的买卖
没想到名分竟丢在你这个该死的身上
我从母亲怀里抱过猫来，无意识地回了一句
没有亏，没有亏，赚大啦
赚了个忠心事主
我和母亲都笑了

笑完了，母亲起身去做饭
我坐在灶门前帮着把火
猫偎在旁边取暖，眼睛却瞄向母亲
饭熟了，母亲盛着饭菜到祠堂里去了

(祠堂就在我家东头一脚路，很近)
每月的初一、十五她都要去上香的
但那一天不是初一，也不是十五
我一回家，母亲都会去的，年年如此
我知道母亲是感恩家里出了一个大学生
为此，她总是为孩子烧香敬祖
那天我没有跟母亲去祠堂
猫在我的腿前绕了两圈，还扯咬了一下裤腿
然后，像影子一样跟着母亲
祠堂里进祠堂里出
开饭的时候
还不小心打翻了我的桂花茶

问梦于猫

桑妮（我家的猫咪）
我昨晚梦见你了
你在湖边抓一条鱼
忽地树上一声蝉叫
惊悚中你掉水里了
鱼追咬你的尾巴
我救了你
喵，喵，喵……
你的喊叫惊醒了我的梦

桑妮（此刻在我的怀里）
你们猫类也有梦吗？
如果有，你会也梦到我吗？

一只老鼠在墙角叫了一声
你一个箭步冲跃而出
把我代表人类的探问
甩得老远、老远……

猫鱼互戏

一只猫
在湖边打盹
秋天的阳光覆盖着
一地草色与一身猫黄

一条鱼
在湖岸闲游
另一条鱼在戏逐
于是，一个腾空跃起

浪花溅湿了猫黄
水响搅细了猫梦
出于愤怒或是贪欲
猫，眼还半眯着就纵身一跃扑入湖中
鱼，本能一跳，竟然跳到岸上了
于是，离水的鱼与落水的猫
一个全身蹦跳
一个四肢慌乱
水上水下都在拼命向各自的原点挣扎
只有太阳在高天傻笑

李佳妮 的诗

LI JIANI

杀鱼僧

敲晕鱼头
削尖的木头捅进喉腔
锃亮的刀片
像扫一场无关紧要的雪

十七岁离家后，他卖过香菇
用烧鱼的手艺娶妻生女
沉迷赌博后，赔光了父亲的棺材本
要债的人赖在父亲门前
躲在厨房的妻子，抵紧门板
从此，查无此人

他隐去姓名
又干起杀鱼的活儿
后厨，砧板上鱼鳞扬起
像他在用最后一把力气，掸落肩头积雪

猫的慈悲

一只猫挂在树上，像平静的钟摆
阴影里的老人，一刀刀
卸下她秋天的裘袄

赤裸的身体成为提前降临的霜花
所有的色彩都已双手奉上
她张开的红唇是一架巨大的水车

一只小狗奔向老人，摇晃着尾巴

金黄的皮毛蹭了蹭
沾染了，裤腿上新长的曼珠沙华

晨光里，猫像秘而不宣的菩萨
慈悲地注视着世间

红梅初上

架子床上的红绣鞋
沉默
像那天，理发店的少女

母亲让她辍学供弟弟上学
自考后
以为剪开了身上的夜色
一通电话，像红盖头扑灭眼里
矩形的火焰

红梅初开的年纪，她的母亲
把一个鲜红的少女凌迟
摆在床上出售
那么多红梅
那么多，密密麻麻的眼睛

千年过去了
还有少女的脚，一圈圈勒紧
囚禁绣鞋里

神迹

伽蓝殿在左
朝一座漏风的梅亭叩拜，身后
是沉默不语的隋梅

庙宇坍圮，
旧日乞梦的人，随神迹不知去向
殿址向左，香火向左
原来，神
也有坠毁的可能

只有隋梅在原地，死去活来
用无声的蓓蕾，
安慰困在山门的信徒

寻找桃花源

洞里有光
脚下，石菖蒲怯懦地抵御
探险的青年

滴水声、石块、隐身的蝙蝠
打开手机的光，小心试探
回望来处的人，是黑色的
沉默那么响
快把童年的底色，泄露干净

洞外，一片开阔的溪滩
散乱着锋利的石块
原来，斧凿的岩壁
早已埋下伏笔
寻不到的桃花源，才会有
永不熄灭的日落

贾劲松 的诗

JIA JINSONG

蔚蓝摔碎的地点

废弃的锈迹斑斑的船
让我为遗忘一些名称而抱憾
但好像想起了它们的轮廓

云朵低沉，减小了海的辽阔
这是唯一无法看透的事情
但很快时间带走了疑问的风声

鸟被充满激情的东西引诱
飞往海的局部记忆
又飞到了波涛汹涌的未知时间
看到它们童年的蔚蓝摔碎的地点

莲雾树

雨中的一棵莲雾树
没有挂一只莲雾果
果子们正走在艰苦的商旅中

除风声之外
这棵树沉默寂静
而雨水并不愿以它的方式
改变自己
它低语于莲雾树的某些部分

时间的掠影

看见一只松鼠在丛林穿梭

它有冷静和睦的目光
它有疑惑和善变的机智
海风很大，当我偏爱松鼠时
它已远去，成为时间的掠影

我想象它可以牵引蔚蓝
我若接近，它就会离开
但它的神态还留在蔚蓝里
这能让我恢复童年
每个记忆里疾飞着鸟群
稻田和池塘生长陌生的绿茵

重叠的本性

风大已不重要
椰林的声音更大
但椰子沉静
如同陷入往事的人群
他们挤满同一个空寂

有些飞鸟调整行程
而椰子以另一种身影回忆

鸟在旅途，没有偏见
它想带椰子远走高飞
它的翅膀多么轻
但挂满了重重叠叠的本性

陌生的情结

暴风雨后桂圆掉落
有一些还依恋必然
它们保持虚空的位置

仿佛静于时间之外
远离了所有善良的沉默

果园内没有人光顾
鸟飞回过，又飞走了很远
暴风雨摧倒桂圆树
现在它们静悄悄地靠近
聚拢记忆找到单纯的往事
又在某个可以言语的时候
它们成就了一片陌生的情结

替代

这并不是椰树的成功
它孕育的孩子无需策略
却常有不幸的哑剧掉下舞台

背阴处传出青蛙的叫唤声
替代椰子一次坠地的节奏
这是多么容易的事情
它环绕渔民简朴的沉默
能传播到海上的蔚蓝
渗透鸟携带的密码依附的苍天

不朽的东西

阳光层叠水中
渔船经过，留下波纹
留下我们适合的视觉

这里有不朽的东西
它们靠近芒果树时
想方设法嵌入去年的记忆

一群飞鸟经过
知了在它们之下的树上
提供静止的参照
它有尊严的沉默，潜伏，战栗
这里阳光已不再是岛上的阳光

房子

要卖房子了，才痛下决心
该装修的装修，该扔掉的扔掉

地毯换成木地板
浴室干脆也换个新的
墙重新刷漆，油成明亮的颜色
所有边边角角，小毛病大问题
将就忍受十几年的，短期内
一一补救、维修、翻新

坐在光洁如新的房子
你几乎不认识
你突然舍不得
筋疲力尽，你终于交给市场
一幢自己从未享受过的
完美的房子

这跟结婚、离婚多么相似

朝上或朝下

这个双层洗菜盆，常积水
隔层易长黑点。他坚信朝上
更容易晾干，而我偏向于朝下
至于真假，恐怕哈姆雷特
也只能说：This is a question
第一千零一次，条件反射
我顺手就把它翻向朝下

犹豫了片刻，还是把它归回原位
“改变自己是神，试图改变别人
是神经病”。我们短短一生
不是在通往神经病路上走
就是想把别人造成神

听来的苏格兰段子

苏格兰人的一生
只有两件要紧的事
一是健康，一是疾病
健康无需操心，只担心生病
生病或治得好或治不好
治得好的无需操心
治不好又分两种
要命的和不要命的。不致命的
无需担忧，就怕会死
死又有两种情形，上天堂或
下地狱。上天堂无需担心
唯一担忧是下地狱

地狱之门一打开，你发现
所有亲朋故友全聚在那！

夏令时第一天

二十公分大雪，老天爷
跟热衷虚拟概念的人类
开了个天大的小玩笑

与你近了一小时，并不意味
你离我更近，也不意味
雪和雨走在重逢的路上

你问我还好吗？
我要忍住多少雪花
才能开口对你说，夏天
就要来了

冰面上的雪

冰面，或雪地
都不构成悬念或挑战。无非是
溜冰或滑雪，有章可循的技术活

诡异的是，厚厚的冰面上
覆盖一层薄薄的雪
它的诱惑性一如它的危险性

假如风再吹一夜，雪再下一场
我必再沦陷一回，再摔倒一次
必捂着伤口忘了疼

情人玫瑰

第一眼，谁的影子落在
玫瑰上，谁就是
你的情人

现实的，虚幻的，天边的，前世的
玫瑰疯长
情人无常

有什么比肉体更适合诠释爱？
有多少做爱的，已经不爱
有多少相爱的，不做爱
就有多少，情人玫瑰
开在婚姻的门外

萤火虫

树木用塑料枝上的童话，正在远离人世，
自己，连同名称，已经失去腐朽的天性，
像是给萤火虫避孕。
电台播出的声音，
被风做过手术，
我把风搡碎在路上，指给后出生的
纪录片。

巨大的夜空，被工业化锻打成银幕。
人们聚集在，书缝成的袋子里，
相互指证来历。
发光的霰弹，
正在模拟谎言，
把萤火作为根据，作为城市中最先
煮熟的那块夜色。

塑料不朽，风朽了。
字不朽，书朽了。
电影不朽，电影院朽了。
童话的走路的姿势不朽，路朽了。
复印童话的声音不朽，
萤火虫朽了。

在水泥中模仿森林的楼房，正在计算
自己的寿命。水管的笔在暗处画温度，
画湿度，
画漂白粉洒在水中的遗体。

时间的枝上，童话正在凋零成萤火虫
的尸体。最先看到夜晚来临的人，
在楼顶脱帽，
像是在给塑料的荧光棒们
致敬。

壁虎

昼伏夜出的还有灯盛大的尾巴。壁虎的名称，
和胆子一样，日渐萎缩，
每爬一步，就像是在人类不停膨胀的海上，
凋落一片枯叶。瘦身的夜色，
越来越硬，
壁虎像是铆在得病的声音身上，
警惕的心跳。

从黑暗处萌发的一丝褐色的钟声，
提醒着自己，世界已经斑驳成一块颜色相近的敌人。
人工的草皮不停地战斗，不停地
向整齐妥协。

断掉昵称，让尾巴在话剧中保持纯粹，
油彩们兀自演义，
面孔在混凝土的柔软处苟活，
像是我写出的方块字。

断掉尾巴的灯的尸体与壁虎一同残喘。

成为光的刀砍在高楼上的疤痕，壁虎
一动，作为城市的器官的高楼，
便会撕开伤口。

流时间的血……
直到壁虎消逝，夜色苍白如一片失效的光芒。

藏酋猴

在峨眉山，藏酋猴被佛号揉来揉去，
成为一座山挂在树梢上
世俗的胎记。

竹笋被钟声剥得一嫩再嫩，猴子们警惕，
体形和名称，像是飞过天空的汉字，
笔画在时间中，不胖不瘦，
坚持仿宋，与空气中的中药相互疗伤。

直到人类的肥胖被滑竿抬进香火味的病历。
门票的高血压，在酸雾中，
用自然主义寻找根源。
缆车的高血脂，糖尿病，
不停地被素食主义化妆
用概念偷换概念。

日渐庞大的种群，让每一只猴虚胖，
像是游人的数量，和贬值的货币。

化纤的袈裟越来越薄，如同标榜，
写在越来越细的人行山道上。
拐杖们，开始珍稀，
像是给老僧的修为把关的门牙。

在峨眉山，佛音中沐浴的猴子，被塑料里
的现实，安置在人类铁架的病床上。

竹叶青

一条蛇最大的耻辱，是被泡成了一杯酒。

我内心的杀气，让人用峨眉山佛音的手套

盘来盘去，制成包装，
快递到清明前的商业，最利润的名字上。

作为一枚最鲜活的茶叶，
给熬夜的地球，治头痛。

海鸥

天空帆布的创可贴已经老死，参加过
葬礼的海鸥，把风磨成刀。

临海的街道，贪婪地行注目礼，
海鸥按它们的名称考量自己的危险程度。

直到，尖锐成陆地与大海越来越频繁的
争吵声。

船贴在大海的耳朵上游说，
甚至磨出了铁皮，
天气依旧变节，海鸥用瞎掉的眼睛逃窜，
大海在天亮时，
关上了所有的灯。

海港的嘴把废话散布成食品，
海鸥成为谎言，在集装箱之间变换性别。

报纸上抖落的标题的小虾米，
给海鸥壮胆，
给死去的帆船，招魂。见证葬礼的风，
在教科书的盛宴中，
合唱。海鸥是遗弃在多声部后面的清洁工。

由此，需要给见证过天空将所有的黑色砸向海面
的事物，重新命名。

比如扫地僧，垃圾车，挖沙船，
比如生病的诗歌编辑，
比如被感冒的风暴，传染过的另一场，
将要来临的，风暴。

蓝鲸

一滴失眠的眼泪，用蓝色反对
海水的秩序。

河流们走在世俗的路上，被人饮过的水，
像是河汉的枝上凋零的悲悯。所有的水，
都在转身，
蓝鲸成为时间的孤儿，
我们的经历，是凶手树叶状的影子。

率先成为冰。大地的哭声被夜空收割殆尽，
万物都在干涸，
直到我们在蓝鲸的冰里找到诉求，
和疼痛的种子，
被风贴在欲望的广告栏上。

一粒治疗失眠症的蓝色药片，
在大海的昏睡中，成为人类的迟暮。

把大地翻译成海洋的水，
从空中便开始堕落，海鸥们纷纷逃窜，
像笔画中天生的谬误。越往低处走，
大地越是颓势，
海洋被河流捆得泣不成声。

蓝鲸在形容词的冰箱中，被人类的手术刀
解剖成最后的标本。

一滴泪可以把整个大海染蓝，
如同缓缓来临的忧伤，
正在打磨人类睡眠的玻璃。

水母

那些消失的浪花，是大海蜕去的皮，
体温日渐升高，
大海晕眩，呕吐在沙滩上的油沫，橡胶，
有机物的残骸，
以及半死不活的传闻。

天空脸色苍白，怀揣的大海
像是间歇性的心绞痛，
把时间锯成一个个遗弃的
白色塑料袋。

我只是大海不经意间说错的一个句号，
与白色塑料袋，成为姊妹，
停在天空与大海玻璃碎片的沙滩上。

鳄鱼

事物的颜色和池塘的水一同被风抓紧，
干瘪的日子一个个锈在一起，貌似
鳄鱼一次次死去的皮，
潜伏在日渐干旱的风声中，
嘶哑的鸟鸣像是天空摔向大地上的裂痕。

风把风逼进沙漠，风死了。
风的干尸簌簌地响，
像是天上掉下来的一串串日子，
对着感冒的大地，不停地假装咳嗽。

鳄鱼身上的钱币，快速升值，正午热浪的刀，
把潮湿的凌晨，
零售给天空中憋气的闷雷，
燕子逃窜，人们是飞不走的影子。

砍断歌声的是在歌声的树荫下唱歌的人。
雷声作证，大树在一个个烙脚的日子上
奔跑。

穿着鳄鱼的鞋奔跑的人，
围绕池塘树冠状越来越弱的信号，
翻捡天气预报中的警惕。

鳄鱼在谎言的泥泞中，只能翻一次身，
如同，自己流下的最后一滴眼泪。

公鸡

最后一个清晨的啼叫，像是一朵云
被装进电子钟的塑料栅栏中。

屠宰场在归拢时间，
戴橡胶手套的女人，把撒满一地的陈述，
扫进羽毛味的下水道。
我看着下水道用羽毛飞回来的坚定，
在啄食未成年的粮食。

无法作为供品，因为杀戮本身已经失去体温，
人们身上属于木材的耐性，
正在走失，
时间被切割成碎片，乃至锯末。

黎明是一件鱼肚白的厚重衣裳，盖在
杂乱的啼叫，和胡乱萌发的清晨身上。

菜市场准入证的讣告，用高速公路的沥青
宣布所有的啼叫失去性别，
油脂已经成为甄别价值的晴雨表。
公鸡不再歌颂诞生，成长，包括生活本身，
而是，成为人类最后的目的。

屠宰场一直在收集啼叫，
我看不到它们的腐朽，如同无法知道，
谁会最先想起，那一句过时的口号。

田禾 的诗

TIAN HE

王太发

王太发不让他老婆点灯，
他说他想在黑夜里待一会儿。

王太发在外面的院子里蹲下，
院子黑得像他挖煤的矿井。

王太发在黑暗里蹲着，
他心里的苦和痛明亮起来。

那座煤矿今天又死人了，
想到这王太发真的有点害怕。

他感觉自己被死亡抓住，
迟早要死于这挖煤的职业。

但他要养家，每天只能挖煤，
去接受每天可能的死亡。

船娘

那条船画进了陈逸飞的油画里
穿蓝花褂子，裹蓝色头巾的
像青花瓷一样的女人
她们有一个共同的名字：船娘

船娘把木船娴熟地摇来
我们上船，船体向下一沉
船底的压水线猛然上升。船一晃

她把竹篙往河边的石头上一点
船很快稳住，立即听见
船橹划响水波的声音

船娘的生活，在一条水路上
铺开，吴歌昆曲唱起来
她身体向前倾，怀里抱着风
摇呀摇，船到目的地的距离
刚好一支昆曲那么长

她叫红喜、小莲、杏儿、秋香
或许不是，她一定有个好听的名字
我没去问，我更喜欢叫她船娘
她满身都是江南该有的模样
摇曳着身姿，把我
烟雨里的乡愁摆渡到梦的出口

一块地

一块地，过去生产队种荞麦
种过两年苎麻，后来什么都不种了
成了一块荒地。父亲心疼死了
用铁锹翻地，他身体的周围
涌起一阵黄土
然后把半升蚕豆的种子点进地里
同时也把一粒农谚种了进去
种子的壳让三月的雷砸开
随后一场春雨降下
豆苗出土，父亲给它施肥
长出杂草，就把它锄掉
后来蚕豆花按时开了
那被风吹薄的紫色的花瓣
转瞬像怀了爱情一样结满豆荚

第一次见岳父

因为爱上你的女儿
我们在人间聚首
成为一对没有血缘的父子

像一场前世的约定
那天，你女儿，也就是我的未婚妻
第一次带我去见你
站在你面前，我神情一阵慌乱
手足无措
未婚妻扯了扯我的衣角
意思叫我喊爸爸

你看出了我的紧张
先把手伸过来，抓着我的手
把我拉到一把椅子上坐下
你的一脸温和，亲切
使我很快松弛了下来

你转身去为我倒茶时
一只脚故意拐过了
前面的一只蚂蚁
我想着眼前这个善良的人
一定是一位好父亲

外婆

外婆两岁没了母亲
三岁没了父亲，被婶娘
卖给一个黄姓人家当童养媳
十五岁那年，黄家儿子
夏天在堰塘里游泳淹死了
我外公以四块银圆娶了外婆

外公是公子哥儿，花天酒地
在外面与别的女人厮混
酗酒回来还打我外婆
外婆经常被打得鼻青脸肿
为了儿女的生计，她忍着疼痛
擦干眼泪，第二天继续下地
后山的七亩旱地，她用架子车
一趟趟给地里的油菜运肥
把一车一车马铃薯拉回村庄
外婆受尽苦难，坚强地
活着，以至让我在四十岁时
还能喊一声滚烫的外婆
外婆这个称呼永远是滚烫的
只要有外婆，就有滚烫的茶饭
滚烫的鸡汤，滚烫的泡脚水
外婆活了85岁，用最长的白天
活着，用最短的夜晚死去
铜锣一响，唢呐一吹
外婆成了仙人，我成了泪人

蜡梅

气温从立冬前的二十度
一度下降
一直降到
十五度
十度，五度，三度，二度，一度
直至零度
或零度以下
一场冬雪飘落下来
整个江城都被大雪笼罩
大地一片苍茫
唯有东湖梅园的蜡梅
生命最坚韧

蜡梅傲雪开放
风沿着陡峭的枝条
传送花香

雪，在天上飞
雪花飘，江山瘦，蜡梅香
今日东湖的梅园
一抹鹅黄

蜡梅花开放
雪花也风流

悬棺

那天游三峡
突然看到悬崖上的一口棺材
心头一颤，一疼，立即平静下来
知道这是传说中的悬棺

别人死了睡在泥土里
他死了睡在悬崖上
生于低处，死于高处
以一种倾听江水的姿势躺着

活着用一块土地耕种
死后用一座悬崖安葬
知道土地的珍贵
死了，就不与活人争土地了

下面是深渊，高处是天堂
逝者在洞穴内悄然安息
洞口雾气缭绕
散发着阴界的烟火气

人生本身就是一次高悬
只是死后悬得更高。高点好
高处无喧嚣，一生太累了
现在可以睡一个好觉

崖边飘满落叶般的纸钱
像寂静中在默默举行着葬礼
这时候谁在船头跪下
谁就是他人世的孝子贤孙

彭思萌 的诗

PENG SIMENG

妈妈

妈妈
我终于长大了
可以平静又自信地站在你对面和你说话
可以摇着头，看着你的眼睛说：

不
妈妈，我不。

无用的东西

一定有一个地方
安置
无用的东西

在书店
留心身边的话语：

——可你买这个有什么用啊？
——没用但是它好看

妈妈还是没有犟过女儿
就像我
也总是犟不过我自己

好兆头

车钥匙找不到了

不是好兆头

小说写到结尾忽然死机
不是好兆头

等红灯的时候心跳慢了一拍
不是好兆头

犹豫了一天购物车里的水晶就消失了
不是好兆头

拒绝、犹疑和视若无睹
不是好兆头
岂止不是好兆头，简直是大难临头

我在想
究竟什么才算是好兆头

街角黄色的花朵
赤红的朝霞
江上绵长的汽笛
街角撞到的肥肠面
两小罐鼓起勇气买来的松露酱，味道都好得出奇

有一天我们去山谷里，带着望远镜
一只鸟始终在视距以内
蹦蹦跳跳
张望过来

我想你的时候
收到了你的信息

我想你的时候
你也在想我

你没有想我的时候
就不带着被我禁止的笑容

消失的兆头
是好兆头

雌性的天空

一个快活的男人
顶着他的雌性的天空

少妇、女强人、小妹妹

三种数量繁多种类单调的云朵
构成了他的
雌性的天空
荫蔽这条垂挂的雄性

我喜欢秋天的你

我大概喜欢秋天的你多一些
时代为我们，约好在秋天认识
你的衣服我从未见过
你的笑容和神情我从未见过
尤其，你所热爱的我从未见过
细思于你每一个虚词、标点
以及沉默，——你却是
如此熟练于挥霍我对你的无知

岂止，在你的有限细节中拼凑你
你的书架长出我心爱的书籍
一些老掉牙的往事又经说起
看天色，谈微风，晒阳光
模糊有趣与无聊的界线
孑然、独立，仿佛无所事、无所依
我亦在我的无限细节中构建自己

但说不清秋天有何样的魔力
丰富的陌生和好奇，同时也照见了
路边的白千层和鱼腥草，看那
雨湿的树木独有新鲜、浓郁的香气
就如它用气味和步行雕琢你
就如它在博物学之中找寻你

我大概喜欢秋天更长一些
想必没有人看清秋天怎么过去
秋天的魔力不总在秋天耗尽
冬天和春天你仍然有新的衣服
寒冷和花朵，逗引你笑

展示你的新表情，你仍爱你所爱的

我大概不止于喜欢秋天的你
我也喜爱陌生与新奇之外的事物
一幅画，发芽，开花，结出果实
一扇门不断循环四季，你的皱纹
像所有的皱纹，刻画共同经历的光阴
时间从来不缺乏令人着迷的魔力

但我仍是喜欢秋天的你多一些
喜欢你超然物外，喜欢你脱离现实

秋天的暖阳又升起了

秋天的暖阳又升起了
和着微风布满十一月的天空
仿佛事情也简单起来
我骑着单车，终点便是你楼下
我们摘下枫红色的叶子
制成标本，不是封存一段岁月
仅仅是喜欢叶子的纹路

于是，事情也简单起来
金色的阳光映照着稻谷的金黄
收获一度又一度还使人们惊喜
我们在田野之间，散步或者闲坐
水流总发出淙淙的声音
你眺望的远方，不外是远景
看人们安然地跟庄稼独处

暖和的秋天和十一月啊
唤醒柔情如盘古那么亘古
迫使我们，把城市看作村落
于黄昏追逐火般的斜阳，至天桥

摄下辉煌的光与影，迫使我们
暂时告别多元且分裂的深思
把乐观的、颓废的预言都抛却

丰富而又复杂的我们啊
在概念世界穿越无数暗途
甚或寻遍可能的解释，只是
为着抗拒一场渺小的伤心
那些，我们随处散落的情绪啊
原来存留在季节的直觉之中
等我们遗忘后与我们重遇

一种困顿

在诸多问询婚恋和收入的声音中
我想听见你探听我心灵的路径
何时为电影中的革命落泪，何时开始
益发困顿于一己的私人生活
却难于从阅读和观影中得以解脱

这时我会否把一种困顿传递于你
原本你以为学历与博学总与光明相称
我们会否以空洞了所指的拥抱告别
像空虚与空虚的摩擦不指望有星点
尔后进一步惯性于独自的挣扎

在人们搁置了心灵的时代
外部生活的讨论才有益于充实吧
关乎心灵的对话，总似不堪重负
如果有人不能由物质得到快乐
那么他就必然碰触到内在的虚空

如果我想你打探我心灵的波动
如果我希望它唤起的是你的柔情

你该具有怎样的现实生活
我该具有怎样的精神生活
我们该拥有怎样的共同生活

时间的岔口只由时代选择

谁也不曾料想到
时间的岔口是走向这里的
一场雨，独自在街上落下
美丽的花朵因在场绽放
人们更频繁地谈论食物
关于它的口感，无意捕捉
食物与心情的新规律

每一样事物都是独立的
每一种欲望都无可代替
你要拥有所有的一，和
所有的无共谋。万物环绕你
就像你从来不懂得知足

我想起岔路前的时光
爱情或诗歌作为一切的日子
忧郁站在一切的对面
深渊一般凝视着我们
快乐和痛苦都如同万物之神
如同万物本身占据我们
使我们无法想及别的事物

我们以为时间会把我们带向
不同的分岔口，而早早掉下
许多青春期的眼泪。谁曾料想
时间的岔口只由时代选择
我们都走到了这里，我们都
成了所有时代的人

而我竟已忘记，是什么力量
可以让我对你的心迹视若无睹

黄芳 的诗

HUANG FANG

抬头看树的人

病榻上
他安静得像一个扁平的影子

油菜花疯开的时节
一扇铁门咣当一声，斩断过往

花红，草绿，鸟儿欢叫
穿条纹衣衫的人群在徜徉

体内的野兽消失了
他迟钝又空荡

脚步却一天天沉滞
甚至赶不上一只搬运面包屑的蚂蚁

太阳出来时
抬头看树的人，可以看一整天

有时，草地上恣意无忌的场景
似乎童年再现

谁的童年如此扁平空洞？
转过身，他撞上了冰冷的铁门

你在种花

——给女儿的第N首诗

那年冬天雪下得真大

很快你就要来到这世界了
雪下得真大
透过窗台
我看到院子里那棵黄槐
正奋力抖落雪花，冒出
新芽

4岁时，你等待
“4个草莓来敲门。”
那时我握着你的手
像握着世上最甜的草莓

“就像树木要碰到天空时的快乐。”
在5岁零4个月的黄昏里
你脚穿小红靴，一蹦三跳
说出了这句话
暮色在一层层下沉
你的小红靴
是最明亮的星

9岁那年夏天
是一场突兀而漫长的悲伤
你小小的身体里几乎全是泪水
我抱着你，在其中沉浮
“杂草丛生的地方，
你在种花。”
我们拨开杂草，向秋天走去

“窗玻璃很冷，雪很冷。没有灯，但烛台上有光。”
15岁，你构建了精神乌托邦
但青春的蒺藜划破所有栅栏
你哭泣，挣扎
那烛台上的光，忽远忽近

春天又到了

风一吹，万物便簌簌晃动
风一吹，你沿途播撒的深意
便簌簌作响——
院子里那棵黄槐，就要碰到天空了
那杂草丛生的地方
有人正在种花

黄昏

多少个黄昏
她坐在高高的台阶上
看暮色一层层压下，铺开
红衣裳的人上来了
绿衣裳的人下去了。巨大的灰袍
被风鼓起
像多余的骨头，沉重又雀跃
终于，路灯依次亮起
树木、房屋、人群落下长影子
这多余的折叠，交错
仿佛人间神谕

画一个人

你要画一个人
她的眉毛不是我的，眼睛不是我的
她的嘴巴，脸庞
都不是我的

但她是我

你给那个人画一双灰翅膀
她不牵不念，独来独往
但当她振羽

便覆盖全部

所以你要画下我不曾描述的阴影

你要画的那个人
是我
她行走，脚下不是路
不是人间

如果我爱你

如果我爱你，我要先爱上
这个午后
风从远处吹来
在阳台犹疑
在重叠的灰影子中拍打
风从远处吹来
翻出书本里的海浪、星云和一个
隐秘的呼唤。午后
阳光明亮，云雀低飞
你左手羞怯地平放，右手
打翻了慌乱的茶杯
——如果我爱你
我要先爱上
这一阵阵的慌乱

在另一个年代

——致艾迪特·索德格朗

透过你又大又灰的眼睛
我看见满载军队和难民的火车
穿过另一个年代的铁轨
你在乡间别墅里咳嗽

老式罩衫晃动时，你的孤单
被嘲笑
你写诗，抛弃格律和韵脚
它们像不守妇道的女人
被嘲笑
在另一个年代
我和你一起失眠，困顿
带着结核病
寻找国籍和自由
最后，时光停在
摇摇欲坠的乡间别墅
死神和不曾存在的上帝握手言和
黑暗中
你一直在微笑，眼睛
又大又灰

立秋之后

立秋后的风，吹落了很多叶子
我从树下经过的时候
它们飞奔成一团，在街上乱窜

一个叫王阳明的疯子，追着那群树叶
从东街跑到西街
跑着跑着，就把自己疯癫的一生
跑完了

去医院

带上奶粉
开水煮过的奶瓶
（我已经害怕，另一个微生物的世界
细菌、病毒
我那幼小的孩子
总是干不过它们）

带上尿不湿
带上吸水杯
带上孩子的衣服
带上户口本
化验单

最后还可带上一本书
你多情的部分
我日夜翻读
真好啊

一个冷酷的生意人
也有悲伤
也会哭泣
真好啊
这些因为爱而多出来的部分

三只茶杯

昨夜
又有三个人在那里喝过茶
黎明时分
它小心翼翼地抬起身子，洗净自己
今天它还要以它老旧的面孔
迎接每一只探向它的嘴唇
想到这里
它一阵欣喜、一阵颤抖、一阵悲凉

自己的事情

一片叶子落下来
那是叶子自己的事情
又一片叶子落下来
还是叶子自己的事情
雨打在落叶上
雨湿了落叶
那是雨的事情
落叶冷不冷
却还是落叶的事情
人间冷不冷
小鸟藏哪儿去了
我在椅子上坐不安稳
心急如焚
那是我自己的事

我养过乌龟和兰花

我养过乌龟和兰花
可都没有善待它们
不给兰花浇水
不给乌龟喂食
虽然水和食都在我手边
触手可及
兰花死了
那一年春天
它再也忍受不了身边有水的干渴
又没法自己长出手和脚
去取水
乌龟还在顽命地挣扎中
闭在盒中是死
逃出来，只见山，不见水
也是死

它们是否怨过我呢
兰花死之后
我后悔过
自己对它的置若罔闻
我怀念它的花瓣
它的幽香
乌龟死后呢
大概只有等到死后才知道
或者它的慢，它的呆
终不足以让我生出悔意了

一个意料之外的清晨

阳光是斜的
斜进来，就铺在他对面的墙壁上
阳光是出人意料的

天气预报今天有雨

我的喉咙痛得说不成话
——我常常让自己上火

他解说痛风石的时候
我扮了个鬼脸
他就愉快地笑
他一笑
我顿觉人生凄凉

我穿红裙子
去年的
去年花市灯如昼
人如海，歌如潮

心里开着花的姑娘

有几个街角开满了蔷薇花
漂亮的姑娘
她的脸上也骄傲
从梧桐树下走过
风吹起了她的裙摆
她走得那般急
她心里盛开着花
一朵两朵三朵
她要去给一个人看

她腹中有条好看的蛇

她冲你
笑
哭
闹
要吃奶
要陪
要抱抱
要爱
全部的

一辆ID为000的公交车

它不是6路
不是589路
不是任何人等的那一路

它是000路
不用停靠在固定的站牌
不再有张望落在它身上
它跑得飞快
它过了一个又一个路口
它飘浮在蓝色的天空下

夏夜无安睡

闹钟响的时候
一头在泥塘里滚得乌突的牛
跪站起来
甩甩尾巴
蝇虫四散
缓缓
走进平原和丘陵

超级大月亮

词穷的人们
不知道如何形容你
超级大月亮
那么霸道地挂在那里
亮堂堂的
和少见的
星星一起
好像从来没有过阴影
破涕为笑的
少女的
眼睛
人世间的灰尘
也压低了
嗓音

温柔的巨人

一条有三千颗牙齿的鱼
一颗彬彬有礼的心灵
敏感于海洋的伟大力量
洋流、光芒，还有湿润
它被那些浮游生物迷住了
有时，它以它们为食
在它内部
是一片静默
它没有同伴
也不知道自己是谁

有一天，两个小孩惊呼
看！身上有条纹和圆点、三千颗牙齿
啊！鲸鲨
世界上最大的鲨鱼！
谜底就这样揭开了
它多想延长一下这个特别的时刻

哦，我喜欢当一只鲸鲨
进到这片温暖的水域
一个突如其来又
命中注定的上午

爸爸明天生日

亲爱的爸爸明天满60岁啦
那个在理发师动剪子前劝我“女孩子还是长头发好看”的爸爸
那个明知我在叛逆期不会听话的爸爸
那个说“女孩子老老实实读书，我绝对不会让你们出去打工”的爸爸
那个从妈妈手里接过电话听见我在哭的爸爸
那个在电话里怪妈妈“你干吗把她聊哭了才把手机给我”的爸爸
那个轻而易举一句话就能把我逗乐的爸爸

那个跟我男朋友说“她可不是个小绵羊，我先跟你说清楚”的爸爸
那个一天两包烟、五杯茶
闲起来喜欢打打牌的爸爸
那个忙起来没空接我电话的爸爸
那个一辈子不说普通话但会用普通话夸我女儿的爸爸
那个在地图上找我家的爸爸
那个天气预报会留意三个城市天气的爸爸
那个世界上最好的爸爸
生日快乐啊

在深夜

她去很远的地方打水
顺便拔回些草药
行至森林的边缘
回声消失
她熨烫，一件又一件
白色的蒸汽下
是蓝色的海

换一条路去上班

矮矮的座椅里
四五个人，布点的方式很像星星
看不到行人、标语的焦虑或亢奋
听不见肉身拥挤的声音
灵魂规规矩矩地坐着
闪烁的树梢
偶尔有飞鸟
这是一条新的路线

女人节

忘掉那些床吧
你睡过的
撤掉那些把你支起来的东西
走出破旧的屋子
躺下
躺在大地上

你是一只蚂蚁或瓢虫的食物
好看又好吃

好天气

院子里晾满了衣物被褥
枣树与桃树间系着绳子

棉絮，被套，床单，被芯，枕套
红的，绿的，花的，条纹，格子
阳光毫不吝啬

每隔一段时间
女人们把物件翻动
保证太阳能均匀地分给
公婆，自己，儿女的
床上用品

摇井一直在响
洗完萝卜，红薯还有白菜帮

筛子，撮箕，篮盘
摆满一地
鸡和猫狗被赶到围墙外

下午三点，按洗涤顺序
铺盖依次回到床上

老人们说，年前半个月
老天爷无论如何都会安排
几天太阳

镜子

我把镜子搬到客厅
每天我拖地板，晾晒衣服
都从镜子里经过

偶尔我停下来
看到穿着男士睡袍的自己
像一头棕熊
这时我大笑起来

听歌的时候我会走到镜子前
扭几下腰
左右走几步

我把手指比在镜框上
如果可以像手机一样
截屏
那真是一面好镜子

这日子

刀子我已经准备好了
麻绳也有两根
你看，到最后也不是没有选择

我曾见识过屠户如何
完整地剥下一张羊皮
这世间从不缺少精湛的手艺

一副绳索可以挑起箩筐
里面装满稻谷与石头

一副绳索可以挽一个活结
把儿女拉扯着长大成人

刀子须得日日磨
才能照见自己的血盆大口
灯芯草须得蘸饱油
才不至中途熄灭

来吧，让我们针尖对麦芒
让我们怒火中烧，相亲相爱
抓紧一根稻草

无用之物

家里总有一些无用之物
比如从未使用过的醒酒器
落满灰尘的挂烫衣架
一套茶具
一件羽织

每天我使用砧板，菜刀
拖把，簸箕
米饭，白开水
它们构成了我绝大部分生活

可是我们仍然需要那些无用之物
在看得见的地方
它们是夜和梦的
发光体

桂鱼 的诗

GUI YU

清晨被婚礼的鞭炮声惊醒

杀手在梦里开枪，火药的气息
从外面涌进来像大白鲨咧开嘴巴
就那么一会儿。躺在突如其来的寂静中
你想着气球会飞去哪里想着小时候
捡哑炮炸到手指。想着一些喝醉的人
唱歌。想着婚车上的鲜花终将被
拆下丢弃。满怀残忍的欢喜

雨的辞典

回家路上突如其来的雨
半梦半醒间听到的雨
从天花板一角渗出来的雨
在海里游泳时落在后背上的雨
乘火车途中看见的雨，想象中
永不停歇的雨。非洲平原的一场大雨
淋湿狮子的鬃毛。浇灭火焰的雨
只存在于天气预报中的雨以及
沿着一个人的脸颊流下来的雨
填满空旷并制造更多空旷
雨是绝对的但我们不是

距离感

关掉空调和灯光，删除一首
刻意而为的诗。开窗让风进来
让黑暗进来让狗的叫声进来

都算不上危险的事。上个礼拜
一颗小行星擦过地球，像跳上游艇
离开的男人，不伤害什么
也不带走什么。这意味着生活
仍在可控范围之内。夜空中
云层的厚度跟黄昏有些许差别
想要伸手拥抱它们或者被
明天清晨的雨声拥抱

相对论

没办法数清树上的松针
但心跳可以。有限与无限取决于
置身其中还是隔绝在外
写诗则两者兼有。提取一丁点
寂静就像鲸鱼落进海底
有些人喜欢黑暗但你更愿意
待在明亮的阳光里给孩子讲一道
鸡兔同笼的应用题。允许他去公园
采野花捡橡果跟小狗一起打滚
时间是两只脚或者四条腿的东西

秋天中午

图省事去对街的馆子
点一碗牛腩面。食客们
互不相识不说话低头喝汤
窗台上的落叶令人沮丧仿佛时间
正在剥离。忽然安静下来
我坐在空碗里听外面的雨声
像按动指关节般啪啪作响
努力回忆上一次这样做
是什么时候。绝望和冷空气一样

来得毫无缘由但具备必要性
直到一对情侣走进来说着笑着
要虾仁馄饨和鲜肉烧饼
时间又回来了。香气扑鼻

秋夜

月亮升起
在两栋楼之间
或者在两棵树之间
都无所谓。重要的是
浑圆，发着光。巨大天体
是由无数微小粒子组成的吗？
这样想的时候觉得生活值得继续
用手指比成取景框截一块夜空的样本
你说这是世界。我说：是诗歌，以及黑暗。

刷房子

搬走桌椅，把画摘下来
刷墙。一块纯白大陆
仿佛南极刚刚诞生的样子
冰山之美在于明确的线条感以及
适当与其他事物保持距离
言语行不通。这么大一片空旷产生
无意识的拒绝，令人战栗。

马来西亚最后一头苏门答腊犀死亡

独自离开世界是一种报复
想想布劳提根是如何在家里
一枪轰开自己的头盖骨

它渗进地板，像苏门答腊犀
洗完澡的泥坑。据统计
地球上还剩下八十头
这样的动物。它们不停发出
尖叫声如果彼此能够听见
就暂且不必急着去死。

冬天

经常无话可说。只好聊聊
早晨的温度，本周天气预报
或者就一个字：冷。
生于十二月，注定落于人后
便于藏身。我的记性很好
善于辨认陈旧的事物
这样就可以回到冬天。像一匹马
慢慢走向它熟悉的井边。

连锁反应

我有一件绿色的大毛衣
胸前织着飞机图案
把脑袋套进去的时候
黑暗扑面而来，但很温暖
就这么坐在床沿上想起
早晨五点钟的航站楼
亮着灯，像一首诗刚刚诞生
还没经历修改的模样。

小区里的一棵南瓜

住在一楼的阿姨
在屋后的花园里种了一棵南瓜
那棵南瓜长势极好
藤蔓顺着树爬了近三层楼高
这棵南瓜说起来也怪
虽长势极好
花也开得极盛
就是不长出瓜来
它好像也晓得这里只是花园
不是菜地
做了五十多年菜农的一楼阿姨说
“不结瓜也好
我只想看见有蔬菜的样子就行了”
说来也怪
管理极严的物业也网开一面
竟让这棵唯一的南瓜
长成了风景

石沉大海

我偏要往大海投些石头
我希望它们沉下去
如果我有足够多的石头
有一个岛屿那么多
它们就会从大海冒出来

孤独者的亮度

中秋节刚过
月亮仍可照亮一夜
对面那栋三十多层楼房
靠边顶楼的那户
半夜亮起了灯
整栋楼只有这一户亮着灯
一开始
我真以为是月亮
细看方知是盏灯
很孤独的一盏
跟月亮一样
那么黑的一大栋楼
只有这一盏灯亮着
多么孤独
多么像一个月亮
多么亮
这时我才知道
孤独的亮是最亮的
越孤独
越明亮

榫卯

木头上
凸出去的叫榫
空出来的叫卯
榫卯是有意思的
它们彼此结合
说它们是咬合更准确
它们越来越紧密
两根木头是树时没有长在一起
榫卯让两根木头结合在一起，直至腐朽

钉子是后来的事物
跟榫卯比起来，钉子是没有意思的
它们只能硬硬地别扭地把两根木头钉在一起
榫卯有多么高级
它们可以伸到对方的身体里去
它们可以更稳固地完成造型
大到撑起一栋房屋
多么神奇
房屋里那些人也像榫卯
榫卯
慢慢变成了一种象征

我有一榫
已多年找不到卯了

休止符

休止符是音乐中
停顿的地方
这里不发出声音
但它是有声音的
它是有节奏的
它也是一个音符
在简谱中
它用0来标示
0不是没有
不是可以没有
0也是一个数字
它只不过在等待一些与自己结合的数字
休止符不仅是有乐音的
它甚至更美妙
甚至不仅仅是此时无声胜有声
它甚至可以让音乐达到另一种高潮
哦！休止符是多么妙不可言的乐音啊

它却是无声的
是停顿的
却是最有节奏的……

在宝山寺

在宝山寺
礼佛后喝茶
喝茶时听鸟鸣
听鸟鸣时看新篁
师父的禅房看得见下山的路
那也是上山的路
是来路
也是归路
宝山寺在山上
宝山寺也在山下

山间小住

天刚亮
喜鹊们就开始叫了
山间有那么多的喜事吗:
无事就是喜事

春日

我的春日
是孤独的好日子
我的孤独的好日子春日
是暖暖的阳光晒着被单
也晒着我的院子
一只小蜜蜂在花床单上飞来飞去

它可能错把床单上的花当成它要采蜜的花
这只蜜蜂涉世不深
和我一样
这只蜜蜂也是落单的

隐

写一行字
又擦掉
虽然写的就是隐没
但还是擦掉
又写，又擦掉
直到写出来
什么也看不见

循环

一杯水放在旁边
喝完了，续水
一条毛巾放在旁边
刚擦了一次汗，又擦
不停地喝水，不停地擦汗
如此循环
人成为其中的媒介

不惑

2019年9月17日
我查了一下两个古代女诗人
薛涛和李清照
她们四十岁时候的状况
一个迎来了一场爱情
一个的丈夫被任命为湖州太守
人生都有些转折和变故

虽然没有记载她们生日那天
是如何度过的
但可以想象，薛涛写了一首诗
而李清照可能写了两首
一首写给自己，一首写给
远行的丈夫

电影

三十多年前的一个晚上
我经历了一个很像电影的情景
并幻想将来，有朝一日
把这个情景拍成一部真正的电影
现在，那个情景
并没因时间的久远而淡化
我依然觉得它适合拍成一部电影
甚至电影的背景音乐
都是现成的（就在那个情景之中）
邓丽君的
《恰似你的温柔》

构思

卡夫卡有《致密伦娜》书信集
纳博科夫有《致薇拉》，也是书信集
两部书信集都只收录了单向的书信
即卡夫卡写给密伦娜的
纳博科夫写给薇拉的
貌似一人称与二人称交替的独白
小说《两地书》也可在形式上
模仿以上两部书信集（虚构）
只呈现“我”写给“她”的书信
而隐去“她”的回信

可考虑加上副标题——致M（G、H，均可）
或不加，看情况

工具

我买的工具到了
一只榔头，一把电工剪刀
很漂亮，放在书桌上
舍不得一下就放进工具箱里
怎么又买了工具，她问
家里不是有榔头和剪刀吗
我的解释是，原来那把榔头太不称手了
总不能在修理一把椅子的时候
被那只蹩脚的榔头气死吧
那么剪刀呢，这确实
我不是太好解释
因为家里的每一把剪刀都无可指责
买这把油绿色手柄的电工剪刀
纯属喜欢这把剪刀

火花

他说，来，我们碰一下
看能碰出什么火花
我们喝茶，抽烟，搜索枯肠
一个下午的时间过去了
期待中的火花却始终没有出现
反而是，有天黄昏，我在东大街过马路
被一个陌生人撞了一下
猝不及防，一束火花腾空而起
好漂亮的火花，既像蒲公英
又像萤火虫

镜子

镜子运过大街
现在，它到了我的住地
当我打开家门的时候
我看见了，我
正在打开家门

交叉

两种病交叉在一起
我得把两种药交叉吞下
就像我曾经脚踏两只船
保持平衡，才能免于沉没
此时，我也无心细究
病与病是否相关
吞下的药是否相克
我把平衡交给胃，交给水
让它们自己去消化
相信这也不是最后一次
就像博尔赫斯在一篇小说中
说的那样——
交叉小径的深处
必然有一座你看不见的花园

怀旧

他给她写了一封信
天冷了，这里的冬天似乎更冷
她便跑去邮局，给他寄了一件毛衣
几天后，在公共电话亭
他拨通了她的电话，那边收发室的高音喇叭
便喊叫起来，王晓丽，有你的电话

他告诉她，毛衣收到了，很合身
还告诉她，他有传呼机了，126-3341
呼这个号，给我留言
我就能及时回你的电话了
那是1992年12月，成都下了雪
一张周华健新年演唱会的海报
张贴在体育馆的墙上

多巴胺

看见一个词
有点意思
通常会把它记下来
记在笔记本里
等某一天
变成一首诗
多巴胺这个词
就是这样
被我记下来的
它离一首诗
还有二十八天

一往情深

一，唯一
往，路漫漫兮
情，性之质
深，无止境
每个字
都那么重
一般的人
根本拖不动

渐行渐远

与这个世界
渐行渐远
证据是
越来越不想
和人说话

Chinese Poetry

诗歌地理

Poets Geography

Zhao Ye

赵野

赵野，当代诗人，1964 年出生于四川兴文古宋，毕业于四川大学外文系。出版有诗集《逝者如斯》（作家出版社，2003），德中双语诗集《归园 Zuruck in die Garten》（Edition Thanhauser，Austry，2012），《信赖祖先的思想和语言——赵野诗选》（长江文艺出版社，武汉，2017）。现居大理和北京。

自我慰藉之诗

我不是一个可以把语言
当成空气和食粮的人
我也不会翻云弄雨，让天空
充满雷电的气息
二十个世纪，很多事发生了
更多的已被忘记
因此，我学会了用沉默
来证明自己的狂野
像那些先辈，每个雨季
都倚窗写下一些诗句
不是为了被记忆，而仅仅
因为雨水使他们感动
这雨水也使我感动，此刻
河流流淌，光明停在山顶

1991

信赖祖先的思想和语言

季节变换，五谷生长
人事一茬茬代谢
我熟悉的世界仍在继续
不理解的也越来越多
我只是一个肉身，万物中的一种
如此信赖祖先的思想和语言
依于仁，游于艺
走在同类的坦途上

2012

雪夜访戴

兄弟，我终于抵达你的门前，晨光熹微
兄弟，我穿越了整夜的风雪

昨夜我被大雪惊醒
天空满是尖叫的狐狸
我彷徨，温酒，读左思
忧从中来，心一片死寂

四周站立白色，唯有河水
在流动，有人的暖息
世道险恶行路难，兄弟
我想起你在剡溪

岁月苦短，好多愿望都蹉跎
每一瞬都在成为过去
于是我穿越了整夜风雪
只为胸中一场快意

此刻雾还没散尽，露水欣然
草木在阳光下渐渐苏醒
我打开了整个身躯
应和每一寸天地

“情之所钟正在吾辈”
我终要与这山川融一体
兄弟，我突然觉得可以回了
遂调转船头，酣畅淋漓

如果你醒了，请打开那册书
如果还睡着，继续做只蝴蝶

生命倏忽即逝，悲风遗响
我要走向另一种记忆

2012

天命之诗

春天，忽然想写一首诗
就像池塘生青草
杨树和柳树的飞絮
打开没有选择的记忆

鱼搅动池水，鸟搅动风
蜜蜂固执盘旋眼前
一生辜负的人与事
我必须说出我的亏欠

然则秦朝的一片月光
或宋朝的一个亡灵
也许在今天不期而来
它们都有我的地址

它们让我觉得这个世界
还值得信赖，此刻
阳光抵过万卷书
往昔已去，来日风生水起

2014

在大理

放眼望去几道山林
树木葱郁，有古老的善意
云在山腰飘过
一只鸟逐云而去
我的目光随鸟飞走
万物皆知我的心思
天空清澈如先秦诸子
流淌出词语，一派光明

2014

霾中风景

塔楼，树，弱音的太阳
构成一片霾中风景
鸟还在奋力飞着
亲人们翻检旧时物件
记忆弯曲，长长的隧道后
故国有另一个早晨
如果一切未走向毁灭，我想
我就要重塑传统和山河

2016

徽杭古道致王君

一

细雨沾衣欲湿，杏花风吹来

一片天，纷乱叙事如山瀑飞泻

断崖仿佛一个经典文本
涂满苔藓、咒语、汴梁和盐

往来的马匹看尽云霞明灭
万物皆知此心的动静

飞鸟明了隐喻，向西迁徙
耀缘师留下，冥想时间履迹

二

冷杉与杜鹃偕朝代生长
成就一个诗人，山河必定泣血

写作要内化一种背景
像这石径，每一步都是深渊

要点燃千年的冰，让杭州和徽州
弥漫宋朝暖意，好比此时

身体下起雪，一个字母击碎虚空
我们谈到传统，狮子洞大放光明

2017

兰亭

一

是日天朗气清，惠风和畅

万物现出各自的玄机

春风又写下一篇好辞
每一处动静皆含新意

人世辽阔，古今都成背景
永恒需依托一种形式

比如美学或者追忆
我端高酒杯，忧伤突然泛起

二

我们终究会消散啊，明月
照百川，也要留痕迹

生死是一个无解卦象
天地四时自有消息

丝管奔赴盛筵，流水修远
过去和未来就此改变

鹤群飞过，千年犹余回响
会稽到长安，汴梁到大理

2019

月亮

秋天燃尽了热情，星辰逃离
黑暗中的月亮像僭越的王

让鲸鱼与马匹碧海里游走
给它们永恒的鳍和破空的蹄

水有些冷，浮出已死隐喻
让乌鹊向南，完成余下救赎

最后的善恶都写在天上
词语弃却外套，乘风归去

2019

夏可君

论赵野：汉字的风景与抒情诗的命运

随着出生于1960年代，崛起于1980年代，在1990年代成熟起来的第三代诗人们，都已经过了不惑之年，进入真正意义上的中年，而且接近知天命之年，现在，该是对这三十年的半辈子写作有所反省的时候了。从青春的热血与玫瑰的热病，到中年的雨水与绵长的怅然，以及老年的黑夜与喃喃晚祷的提前到来，只有第三代诗人似乎最好地体现了现代汉语诗歌的命运：那是与个体生命年岁相伴随的诗歌写作——这是年岁的时间性，无论是五四以来那一代人还是“文革”中成年的那一代人都没有对自身年岁的切身经验，而是被战乱与革命的暴力所消耗了；那也是让现代汉语在自己的诗歌写作中逼近成熟的不断调整——这是现代汉语浓缩过去、现在、未来三重时间性的深厚与沉着；那还是诗人与诗人之间建立起了一个相契于时代但也超越时代的诗意交往空间的维度——这是打开了一个穿越历史与政治的友爱的诗学，且具有无限感的时空维度。体现了这三重时间性书写的诗人，必将在天空的星座中有着自己光芒的位置，而赵野就在那灿烂的星座中烙印了他的名字。

如同“第三代”这个名字是在赵野的胸膛里换过呼吸而被倾吐出来，这个以“代际”展开的命名，尤其是一个生命自觉的命名，如果汉语自身就一直与年岁的成熟相关，从春夏到秋冬，从烛花到云鬓，离开了年岁的切身经验，写作的肉体几乎不存在。

除了时间的各种秘密，我不知道诗人与他的语言之间还有着什么样的盟约。也许说，时光中或光阴中的诗人，更为汉语化与准确，请听赵野的《春秋来信》：

> 一只鸟，夜夜会飞上你的屋檐，
> 一片月光，洒在墙上就不再脱落。

第二个诗句有着诗人对自己写作的严格要求：明晰，准确与沉着。月光洒在墙上，如同李商隐的“月斜楼上五更钟”，异常“明晰”，就是月光打在斑驳的墙面上。说是“准确”：这月光不再脱落，这是诗性记忆的铭刻，是难以言喻的忧郁目光的镌刻，不可能消逝，这是可以说清也根本不能说的暗示，就如同青春的血液洒在墙上不可能被抹去，那是烙印在心版上的，这让我想到策兰的一个句子：一道伤痕往上添，只是策兰的语句疼痛而痉挛，而中国诗人仅仅是白描，简洁，甚至清淡，没有愤怒，没有哀怨，肯定而顽强，与上面一句对应，也是与此诗结尾的一句相关：“我的命运唯有天助。”因为月光这个传统诗歌的意象还暗示了诗歌内在的呼求，只要还有着月光，月光作为超越历史的见证者，月光自身的书写会抹去一切的荣辱，留下的仅仅是生命淡然的气息，时代的局限与悲哀已经在诗意中被超越也得到了升华。

与时间的盟约，乃是进入多重的时间性 时代的，诗歌写作传统的，年岁的，语词韵律的，命运的，我不知道中国诗人中还有谁比赵野对这个时间性的书写更明晰、准确与沉着。早在1990年，诗人就给自己的诗歌提出了如此的要求：“在我的想象里，应该有这样一种语言：它简洁，硬朗，生机勃勃，是完全的现代汉语，又充满高度的隐喻性；既是历史事件的，又饱含个人经验。还应该有这样一种诗歌：坚定，沉着，像季节一样，我们不能拒绝，也无法回避。”一个诗人到底给现代汉语带来了什么？为现代汉语的成熟增加了什么样的质地，成为我们衡量一个诗人写作最为基本的标准，赵野如此自觉的要求也在自己的写作中彻底体现出来。

赵野的诗歌余留了古典诗歌的韵味，这韵味来自于一个四川文人的纤细敏感，传统汉诗是在自然的意象之中萌发生命的情愫，诗意的情感并非简单地是个体喜怒哀乐的情绪，也不是道德的尊严与卑劣的情感判断与评判，而是与大自然相关的那种超越个体生命状态以及悬置道德判断的自然本性，几乎是中性的“情性”，甚至是无情有性，如同庄子与嵇康所言，声无哀乐，自然的随生随灭，带来的是这些中性化的判词：飘逸，沉郁，雄浑，冲淡，这些诗歌判词更多是一种与自然相关的品性化的诗意描绘，由此品性激发的生命情愫，不是主体的情感，而一开始就是与自然造化与变化相关的普遍性的生命感怀，是感触的性情，是生命本性的感动，是保持在感动的微妙之中，个体的情感被更为博大的自然所融化。因此，只要一个诗人进入那个生命感怀的场域，他的诗歌立刻就达到了成熟的高度，不同于西方诗人的写作，会有一个随着年岁增加的成熟过程。

一旦承继这个抒情的卓越传统，一个传统诗人立刻就成熟了，而且这沉着的忧伤永远不会消散，就是生命自身的长恨或者缺憾，写作不过是把此长恨与缺憾做成无限，因此，一个诗人一直保持在这个不断老化的状态之中，通过铭写缺憾进入书法所言的人书俱老的那个从心所欲的境界。但是，因为现代汉语的不成熟，以及当代诗人对西方大师语汇翻译的依赖，一旦丧失自然的触感，以及在翻译的散文化过程之中时间韵律感受缺失，就需要重建时间与年岁的关系。

要让青春的现代汉语具有老辣的味道，就必须余留传统的韵味，赵野的诗歌是通过反复重现与改写那些基本的意象——月光、雨水、下雪，等等来进行的。再比如，“仿佛树枝在断裂 / 花径满是流痕 / 过去的朋友碎金断玉 / 隐蔽的朋友掷地有声”，这些句子，并不生硬，有着对称与轻微的不对称，断裂与流痕，异常凝练。当然，当代诗人写这些场景的诗作很多很多，但是如何接续古典的情韵，如何超越个体情爱的抒发，如何与时代的处境相关，如何浓缩已经隔离开来的时空而产生当代的张力，即，一句话，如何“化典”，把这些古代的诗意范式或者典故，转化得天衣无缝，就是当代人当下的生命情感，而不仅仅是怀古之幽情，也非风花雪月的老调重复，赵野的写作与张枣的某些作品一道很好地解决了这个问题。

古代汉语是通过把原发场景凝结为成语或者习语来进行传导的，诗意写作总是那些基本的自然与人事场景，如同简单的音符，却通过韵律与节奏的变化，带来了丰富的变化。因此，接续传统的余韵，还要弥补现代汉语与古代汉语断裂的创伤，现代汉诗写作既要保留这断裂的疼痛，一直有着隐约的不可消除的疼痛感——这是现代性的忧郁，不再是传统的感时伤怀，也要保留传统的韵味，那也是与忧伤相关的诗意情愫，此外，还得有着时代不成熟导致的诗意自身与时代不可避免脱节的那种游离感，何况第三代诗人经历过这三十年所谓改革的所有矛盾：是种族革命还是个体独立，是拥抱时代还是超然隐退，是文化重建还是个体创造，丰盈的诗歌是在这三重断裂之中的写作。

本雅明关于机械复制时代艺术灵韵（aura）消逝的思考放在现代汉诗的写作中将会有所不同，汉语古典诗歌的灵韵在现代语文的散文化之后是否还在？显然，中国的诗人面对了这个挑战，古典诗歌的情韵与灵韵都集中在对月亮与月色的表现上，尤其是月亮旁边的光晕（也是微晕的色晕），这是最为微弱但是微妙的多彩之美，如何余留这光晕与色晕，赵野诗歌的写作，很好地回应了这个问题，他在诗歌中，通过雨与雪的吟咏，余留了语词的色晕，激发了新的灵韵之美。

赵野诗歌中有着大量的传统诗歌中的惯用语，巧妙的挪用乃是借用，飘然进入古典的文脉之中，他切入的身姿如此轻盈，除了天赋，还有自觉的收缩，慷慨的退让，精致的消瘦，满怀深情但幽然旁观。比如这些朗朗上口的语词：酒杯玲珑，明月皎皎，明月朗朗，气息如兰，“俱往矣，数天下兄弟”，这些习语要用好其实是异常困难的，否则就是虚假的矫饰以及伪浪漫主义，但赵野的借用与化典却异常准确。这首经典的诗歌《无题》是最好的体现：

树木落尽了叶子，仍在
空旷的大地上发狂
铁骑越过黄河，颓败
蔓延到整个南方
我看见一种约定，像一次
必然到来的疾病
你的菊花前院枯萎
我的祖国痛哭诗章

——诗歌面对的是时代的荒芜，诗歌的视野开始于广大无边的深秋，叶子落尽，一片荒凉，但是激情犹在的树木却还有着内在的狂野，如同青春在激烈燃烧之后，越是被强制脱下装饰，内心的本性越是暴露出来，似乎要把自身连根拔起，要发狂地奔跑。当然这也是一个古代的诗意场景，所谓“无边落木萧萧下”的荒率，也是一个古代的战争或政治的场景，因此有着铁骑从北方奔来，就如同秋天被严寒打败，向南方逃窜。自此，诗歌似乎就是一个古典场景的现代转换，尽管从古代山水自然诗转向为现代的风景诗。现代汉语诗歌是双重的翻译：对汉语古典诗歌内在转换的翻译，与对西方诗歌外在翻越的翻译，因此，还必须进行第二步的即现代的转换，这是颓败与约定，面对此浩大的溃败，个体只有颓丧之感，且开始无边地蔓延，与秋意一道，颓败与颓废，乃是一种现代性的情绪，传统的颓废并没有如此浩大，而且还伴有一种约定，约定乃是一种西方式与现代性的盟约，是对时代与文化超越出来之后，进行反思才看得到的一种后果，这后果已经有着他者的目光了。此外，诗歌写作还必须有着“一波三折”的第三重转换: 即，必然到来的疾病，尤其是结尾痛彻心扉，而且是成对的诗句:

你的菊花前院枯萎
我的祖国痛哭诗章

面对此颓败，悠然的菊花已经没有所谓“隔岸犹唱后庭花”的悲哀，而是枯萎、败落，与之对应的不是个体的情感，而是祖国，这里的祖国绝不仅仅是中国，而且也是一个诗意的国度。《无题》标记的是一个隐藏在诗歌之中的那个国度，那个由一个个美妙的汉字建构起来的隐秘国度，只有诗人可以进入，并且显示出它的某些边界，某些幻象，但是它一直在那里，一旦这个世界也开始坍塌，真正的悲哀就硕大地来临。枯萎与痛哭的对照，和这个对称的短句，有着杜甫诗歌的沉郁与悲凉：“感时花溅泪，恨别鸟惊心。”

尤其是写雪，雪一直是一种诗意的风景，从鲁迅《野草》对朔方飞舞大雪之精灵回旋的描写开始，雪是现代汉诗最为耀眼的风景，也是一种生命之诗意的冷记忆，因为寒冷因此需要激发生命更大的热量来抵御，如同 1990 年代《下雪的早晨》中所吟咏的：

我不知道，还有什么事物
没有被人说过
我不知道，还有什么感觉
需要我来说出
下雪的早晨，我会感到惶恐
我仍然没有理由说些什么
在秦朝或汉朝的庭院里，下雪
就使文章更加优雅
我看到的世界纷乱、宽广，如同回忆
我的内心悲苦，徒劳搜寻着坚固的东西
我也想过，一次下雪或许就能改变我
但我宁愿保持沉默
我甚至不会询问我是谁
当雪花漫天飞舞，将我淹没

——在上面这首诗歌中，开始的语气异常谦卑，退缩，几个重复的“不知道”几乎有着绝望的放弃，这也是寒冷的身体感受所致，这个带有放弃的让出乃是诗意最为柔韧的姿态。面对下雪，也是惶恐的，还是没有理由说什么，诗歌面对的是自身写作的困难：诗意的语言如何再次萌发？哪里还有诗意？多重的否定传达了诗人的无奈，面对如此巨大的否定，诗歌如何走向肯定？不是肯定诗人自己的卑微，而是肯定诗歌本身，诗歌必须在自身肯定中恢复它的尊严，因此，语词必须在此风景中呈露自身。这就要回到最初的言说，古典时代如何言说下雪，那是秦朝或者汉朝的庭院，雪落下，那是要落在一个属于它自己的地方，那是庭院，因为庭院有着家的气息，但是又不仅仅是封闭的家园，而是敞开的庭院，面对大地与天空，雪，一直是大地的客人，短暂而纯粹的旅人，但是对此过客的歌咏，却让歌咏本身变得优雅。为何是雪呢？为何当前中国诗人如此痴迷于描绘雪，还有欧阳江河后来的写雪，因为它飘浮，纯洁，来自天上而高于我们？因为它倾斜的身姿？因为绵绵不绝，如同《长恨歌》的“此恨绵绵无绝期”？或者就是诗人这里所言的世界的纷乱，雪既迷惑我们的视线，又带来无边的幻象，因此雪带来回忆，那种缠绵不绝，那是无法厘清却一直在记忆中落下的悲苦。诗人已经把生命的缺憾通过大雪的纷飞做成无限，如同传统诗歌把思乡的月光铺洒在天地之间，月光如水一般流淌。

更为重要的是，诗人在追问什么是坚固的，没有什么比雪更为没有根基了，就如同诗意本身，在这个世界上有诗歌写作的根基吗？显然并没有，诗歌必须寻找到自身的位置，因此，诗人开头的否定性的感受，乃是直接就面对了诗歌自身的无根基与无力。“雪”，是语词的到来，因此下雪本来是最为带来诗意的，但诗人在此时此刻却宁愿保持沉默，这个退缩如此彻底，乃是为了更好地退让出打开诗意自身言说的空间，诗人说自己甚至不再自我追问，这种决然与悲观，也让自我融入了漫天雪花之中，直到雪花将自己淹没，这是一种自我的放弃？还是通过放弃自身的位置，如同诗人后来自觉放弃自己的角色，甚至是诗人的身份，成为一个谦逊的业余诗人，反而更好地融入了更为博大的生命。

在 1992 年《诗的隐喻》中，赵野写道：

蹚过冰冷的河水，我走向
一棵树，观察它的生长

这树干沐浴过前朝的阳光
树叶刚刚发绿，态度恳切

像要说明什么，这时一只鸟
顺着风，吐出准确的重音

这声音没有使空气震颤
却消失在空气里，并且动听

——现代汉语也来自于西方语言的翻译，尤为体现为“的字句”上（xx 的 xx），这是现代修辞产生的独特标记，尤其是形容词与名词的结合，因为出现大量的新名词，就必须使这些带有情感色彩的名词活跃起来，因此需要形容，使之气韵生动，灌注诗人的气息与语调，这也是诗人想象力的体现，通过“的字句”可以看出诗人想象力的程度。赵野偶尔也会用：深宫的玫瑰，灿烂的星宿，垂亡的国度，等等，但是赵野很克制，因为这些诗性的隐喻，必须要“态度恳切”，这种“恳切”，是生命灵魂的态度，有着身体倾斜的姿态，语词的恳请，也是肯綮中的，有着准确性，诗艺不过是语词的准确性。因此，修辞的语词必须一直保持准确，很多诗人的隐喻陷入繁复的修辞而丧失了准确性，尤其不再有韵律感，“的字句”的套叠也会导致迷失，仅仅是语词“的”空转，历史政治进入1990年代之后，大多数诗人丧失了方向，也是与修辞的泛滥密切相关。而带有韵律的修辞，才会与自身的呼吸相关，呼吸乃是自身命运的节律的自身感发，因此要开启语词的震颤，并且使之动听，动听也是因为还能够听到命运的声音。从认识赵野开始，我一直默默欣赏着赵野这种异常明净而恳切的诗意态度，一如赵野本人，散淡，静雅，闲云野鹤一般，如同他自己写道：“我的余生只能拥有回忆，我知道 / 我会死于闲散、风景或酒。”在这个时代，还有什么比这更为诗意的生活？诗人对进入诗意的品质却异常敏感，乃至于挑剔，这种恳切，乃是中国诗人的信念与生命的准则，也是对音调敏感的标记。我甚至相信，有无这种恳切的态度，乃是对诗艺本身是否诚恳的标志，如同说诗歌的技巧是诗人写作是否诚实的标志。

前世的巨大的雪
铺满道路和庭院
树木冷峭、坚硬
有种宿命的意味
城市遁去了，终于
和我没有关系
但空虚像更冷的寒流
从墙根漫到额顶

在这首稍晚写的《1997 · 元旦 · 温家堡》中，雪，已经更为弥散，成为前世的雪，雪一直就是前世的、久远的、古典诗意的雪，也是铺满道路与庭院的，再次进入风景，自然的雨与雪，乃是自然为我们余留的诗意记忆，这雪与命运的时间性相关，因为它显露出树木的料峭与坚硬，而且城市被大雪覆盖之后，似乎消失了，雪涂抹了尘世的痕迹，雪也消除了我与世界的关系，但，雪带来的空虚比一切的寒流还要寒冷，从身体蔓延到墙根，其实也是蔓延到整个世界，这是现代性忧郁的真正灵魂的风景。

汉语离开了吟咏的气质，不会有诗性，中国文化并没有西方的歌剧与神曲，就在于她与歌唱相关，也离不开自然呼吸节奏的吟咏性，吟咏是带有语词的某种呼吸的音韵感，有着自身的细致而缓慢的品位，与自身行走的身体步伐相关，让语词与姿态，在声音的音调中有着共有的节奏，现代汉诗如果丧失了此吟咏，将不再可能，我们在多多的诗歌中感受到了此吟咏，而在赵野这里，这个吟咏还有着深深的古音古调，一方面是那些传统的语词，另一方面则是音乐的风景所带来的音调，雨水的飘浮，雨水的敲打，雨水的气氛，雨水的光线，乃至于雨水中的香气，雨水已经与自然，与肌肤，与语词，一道构成了一道诗意的表皮，这诗意的风景，以及固执的记忆，真是让人柔肠寸断之处，也是语词的韵律形成之时。

还是，让我们感动之时，这个感动，来自于自然自身的那种情性，那是内在与灵魂之中的铭记，那是具有超越文化以及人类的普遍性，如同诗人在《自我慰藉之诗》中写到的那流淌的河流，那山顶的光明：

二十个世纪，很多事发生了
更多的已被忘记
因此，我学会了用沉默
来证明自己的狂野
像那些先辈，每个雨季
都倚窗写下一些诗句
不是为了被记忆，而仅仅
因为雨水使他们感动
这雨水也使我感动，此刻
河流流淌，光明停在山顶

我不知道其他诗人对于命运是否如此敏感，赵野在不多的诗歌中，与“命运”相关的语词，“命定”“宿命”，等等出现过十次之多，这不仅仅标记了个体漂泊的命运，时代不详的激情，也是汉语与汉诗的命运，赵野那首 1988 年的《字的研究》很早就确立了他汉语“字思维”以及诗性书写性的自觉，以及 1990 年的《汉语》开始思考祖先的语言，赵野对汉字的思考也与汉族本身的命运相关。

看啊，在我的凝视里
多少事物恢复了名称

它们娇慵、倦怠，从那些垂亡的国度
悠悠醒来，抖落片片雪花
仿佛深宫的玫瑰，灿烂的星宿
如此神秘地使我激动

我自问，一个古老的字
历尽劫难，怎样坚持理想
现在它质朴、优雅，气息如兰
决定了我的复活与死亡

汉字的发生与自然相关，因此，诗人让汉字服从了自然的安排，守望着事物实现自己的命运；因此，诗人让炫目、生动、准确、规范、沉着的字，在自然与人事之间，准确把握那个闪光的瞬间，并与历史的事件，文字的凸凹起伏，还有书法书写时的细微牵丝关联起来：就是那般优雅的倦怠，以及从垂亡的国度醒来而抖落的雪花，这些细微的颤栗就是语词久远的回声。

古典韵味的余留，那是加强这些语词的回声，以整个生命拥抱语词，使之在自己的书写中产生更大的回响：以自己的生命，以诗意的想象力继续扩展这个回声，使之可以回返，被重新发送回去。赵野诗歌的抒情性让古代汉语活动了他新的回响，新的音色与音质，这也是新的光晕与色晕，因此也改变了语词的命运。汉语有着汉族的命运，这是与汉语言说的彬彬有礼，以及内在的节制——也是与身体的节奏相关的自我控制，但也有着雾中楼台与霜上人迹一般的微茫，而且这祖先的语言可以让我们瞬间变老，甚至在雨季，生命为此而肝脑涂地。

对命运的恳切与恳请，也是命运的眷顾，诗人一定是被命运所眷顾之人，诗歌尽管是不祥之物，但是语词之中隐含的吟咏，以及语词颂扬的品格会解开这咒语，诗歌的兄弟情谊会守护忧伤，汉族的剩余物只会在诗意的语词里被精致存留，只有诗人将语词纯洁的战争深入到我们骨髓之处，我们的呼吸转换之中，只有优美的汉语诗歌可以捍卫最后疆土，赵野是发达资本主义时期最为优雅的抒情诗人。

Li jianchun

李建春

李建春，诗人，评论家。1970 年生。1992 年本科毕业于武汉大学汉语言文学系。诗歌曾获第三届刘丽安诗歌奖（1997）、首届宇龙诗歌奖（2006）、第六届湖北文学奖、长江文艺优秀诗歌奖（2014）、湖南栗山诗会 2018 年度诗人、第十七届华语文学传媒年度诗人提名（2019）。

李建春近作选

春深

新草蓬勃，在茂密的枯草中间
昨夜到今晨，一样承接寒冷浩荡
三号楼和新翻的土，也等同，夹着旧基的碎水泥块
春雨下到新轧的路面，和忘了收的被单上，是两种性质
幼儿园接送的欢鸣、早晨的鸟，同类
春梅和桃花、忽然溢出堤岸的流水，同类
孩子和大人，礼貌地接过半只苹果
他们咬开苹果的声音，略有不同
去与来，同类。上升下降，只有我
与这一切。冰冷的心，渴望郊游，这与以欢快的方式
从外卖的手里接过餐盒，有什么不同？

嵩顶即兴

嵩岭的巨型屏幕
美化和削弱了此次行程
我记不清上山的弧线
只为眼帘的扇面之大而震惊
年近五十，登临峰顶
未能安定的因素
在山下，仿佛春天的腐殖
转瞬，却被身旁的树杪
欲雨的天气稚嫩地延长
我曾反复在无数个山腰踌躇
如今爬上这台地
也只是把日常抬升到无蔽的海拔

清明节祭拜诗圣

我不能简单地提及的杜拾遗
今天我做了你的食客

（这曾是你的处境
你告诉我怎样把应酬诗
写得伟大；一个做过短暂的言官的人
终身怀念，把它当真，围绕紫宸
构筑仁心的大厦，然后长年
在江湖上，叹老嗟卑，用期待的音韵
在各级过往官员和行伍中间
劝勉，赞叹，观看，感兴，你用
风雅颂的正体，写一个漂泊的衰体
在帝国的广阔山川；你从未想到不可能
因此你最不现实；大唐，你是怎样为她
开疆拓土，用一支巨笔，饱蘸着
你并不得志的盛世，流落在乱离的
人民的生活中）

拾遗公的慷慨，开在
据说是他出生院落的桃花上
一千多年后，他设宴款待；无数个
安史之乱后，我们考订、装饰了他的童年
为了重建一个大国；曲江水边丽人行
他教我们察看隐藏的危机
他教我们重新体验忠谏无力
却从不放弃，自高，即使秋风破我茅屋
仍然不忘大庇天下寒士
今天他真的庇护了我们，当他接受
几个级别比他高的后辈祭拜时
更多从帝都来的北漂，从外省来的
抱着干谒蠢动的布衣，披上
象征皇族的余晖、最尊贵的
土的颜色、可以格天感地的黄围巾

眉间尺

我的动机凝在这片山水之间
卡着桥梁、道路、瓷器
风化腐烂的线条；入夏的彩鹬
湿漉漉的个字伸长喙
刺入散步的虚空。我到这儿来
原是为了退步，用青花碗的深度
丈量风景的体积
我所走的每一步路都是新的
像刚出炉的锅盔……眉间尺
在湖岸的柳下荡漾，难以承受
阵雨淅沥，荇菜参差

丈夫气在这片湿地，静养
我丘陵起伏的心胸。锐角的前沿
迟钝。循着我来的方向
远望市区的玻璃山
而带回汽化的水珠
零碎，剔透，滔滔不绝地
将骤然升温的块状办公桌
用失蜡法重铸成方鼎呀

此生是复活

下降的云线，擦着山顶
欲雨不雨，天空忽然起风
人在地面上走，貌似天街
顶着如花的夏季光

从机场回家，住宅上升
空腔子独对空窗
羌笛何须怨杨柳

静尘微动高楼
跳到嗓子眼的感动

又抑住。煮茶。
我的绿色是复活的绿色
与窗外略有不同
微苦。回甘。一世。
又何必分清？我走出去
在雨点下，就是世世
都到沸点

白云出岫图

变淡的肉体，在山川中行走
无关的身影，只剩几根线条
近处有巨石，苔点辅助几何
爬到松树上，射击远景的韵味

乱蓬蓬的高士发，爆炸地发声
衣纹之间带钉头，欲动未动
风的表现，在倾斜的竹枝
六月的表现，在荷花与石榴

我只觉得热。热。于是远山沦陷
白云出岫，一时还下不了雨
因为需要留空。那安慰我们的
是乌云，虽然只在画面的一侧
却是石头的意志，石几上
幽暗的茶杯的意志，芭蕉与葡萄
以及飞离湖面的鸟，受惊的
芦苇的意志，湖水的意志

代替我们痛苦的，是整幅画
隐瞒我们观点的，是一根线

山那边的婵娟

我顶着一轮圆光出门
几滴微雨洒在我头上
天空一片混沌，清风吹我衣
让我感到意外
期待中的月光已碎成万家灯火
吃月饼的人看不见窗外黑暗

月映江湖不映我，山那边的婵娟
需要预留圆形的白
镂空的心外，或许还有几圈涟漪
以容纳嫦娥的广袖

知白守黑。我在我自己的地盘
把一个句号咬成两半
掉在地上的小括弧
我睡在里面，你们找不到我

与刘晖同学相会前即兴

秋风严肃，秋风戏笑
此时相会，正当其时
临行前，我蓦然看见你的风骨

秋水消瘦，秋水寒冷
照见你我，两鬓微霜
重逢时，你出落得像石头一样

天地萧瑟，才刚开始
林表斑驳，市声寂静
为迎接，一个经历了苦难的人

遥想当初，以梦为马
珞珈山下，东湖之滨
两个人，为爱情的苦乐而不均

近三十年，相见甚稀
君忙新闻，我安学术
哪想到，正途却是迂回变歧途

世情如此，何足道哉
不如归来，耕我文字
相见欢，笑君诗艺怕是生疏了！

在环山公路语夏冰

春与秋相似，但去向不同
我暴走，踩着满地落叶
在夜晚的环山公路上
锻炼。我会回到原点
循小径，下山回家

落叶秋天落，春天也落
我看不出萧瑟和希望
对于落叶有什么区别

把繁盛设定为目的
把死亡设定为过程
世界从无到有，从小到大
很对。但也可以从多到少

从有到无。带着这个认知
我走向夏天的冰

压痛

我不耐烦割谷　插秧
我就得挑草头　这少年的力量
在田塍上奔走　寻找平衡
我就得忍住肩膀痛
把抢担横在颈椎　像上了十字架
双手张开　踉踉跄跄

挑水也是这样　却多一点
看自己的乐趣　向那深井张望
幽暗的面容像睡莲
青蛙警惕来自烈日的雷霆
我只是说我丢下一只桶
让它慢慢沉下去　又及时勾住
使劲提起　咚的一声搁在井沿
溅湿鞋面和晒白的土

我要上哪儿去避开日常的苦
和汪洋一片手植的作头
我要去北京　用重构的道
与人交流却除了肩头的
压痛什么也没有挑着

在万古与当下之间长啸

一本够格和创造性的诗集，对于诗人和读者来说是一种探测，一种拷问。“等待”和“合金”两个词，使我对诗人的精神有了先入的好奇：他的“合金”是什么？他的“等待”位于何种层次？

诗集《等待合金》包含三个部分：“等待合金”收入2013年底至2016年的诗选，“站立的风”包括2011年到2013年诗，“其它”有剧本、随笔等。有意思的是第一部分诗的日期标注是农历的甲子纪年，第二和第三部分却是西历——他有意用这种方式来标示自己诗路上的一次重要转折，这何尝不也是人生路上的，如同他在《拇指书》中的一句话：“请帮助我开辟一条语言新路。这是我生活之路的一部分，是投影也是命名。”

诗和人生之所以产生这样的关系，在于诗人的“诚”。“诚”是一个单音词，在中国古代经典中既是“方法论”，又是道论，我不打算把它扩展为双音词，因为无论向哪个方向扩展，都失去了“诚”这个词的大义和辽阔——正如李建春诗集中的表述方式。

诗集的第一首是《既见君子》，标题来自《诗经》，而且其比兴方式也是《诗经》式的：

> 在我青年的、无头无方向的爱中，我铸铁，竟不知道我同学
> 在我忧郁的、无路亦无腿的漂泊中，我打造车轮子，竟不知道我同学
> ……

具有古诗《上邪》的率直朴劲。这种古意十足的语汇和味道贯穿整本书：

> 这华厦已是空壳，甚可畏也。（《华厦之殇》）
> 平流层无蔽的大光　到思维叆叇的底部。（《明字》）
> 他从未感到“润心”　却顺从了淳朴的家教。（《空无的乳汁》）

诗中涉及的儒家文化最多：“礼取消了。父与子，男人与女人，亲戚朋友兄弟，这些一对一的、朴实的情感全被抽象的‘献身’取代。”（《片断》）“乾　来自何方？我在/坐北朝南　雌雄同体的雪下/不等翻过日历　看到次第放开/就已尝到蜜了”（《蝶舞》）

单音节词赋予他的表达以陌生化和空间感——不是刻意制造的，本身即是。

《悲伤之心》：“恻隐，羞恶，辞让，是非，/我在这世间什么也不缺少。”《即兴》：“岁末。一年之命已具结，/天命却悬着，这头顶，早已不是/空荡荡”；《劫灰》：“内圣是必需的。他以写意的风格画人体，/以在单位的笨拙賡续祖德，并庆幸自己/是被点中的错误的后代；/沿着开发区路灯，他追寻地方志/失传的传统；端起咖啡，铭文却烫手；/慎独。快乐。我善养吾浩然之气。”《钻石》：“我就仰望钻石。如切如磋，如琢如磨。我关节间的玉，已拨开一层雾。”

礼、乾、内圣、天命、慎独、浩然之气，都是儒家最重要的概念，它们合在一起是充盈天地的正大、光明的元气。其他还有“新外王”“狂

狷近道”“明心见性”“惟精惟一”等专用词语。如果不了解它们的内涵，可能体会不到其中蕴含的能量。

还涉及佛家文化：“皈依　皈依　动态的皈依！嘎哑　满怀情欲 / 以厌弃的滋味　转向平淡！　宁静的手术刀 / 划过噪音……/……我发愿回向 / 乳汁 ……”（《马年献诗》）“光的躯体肥大　吼叫　在绿茵上　不　在瓦砾的 / 旧垫子上　示现幻象　日晷 忽然晃向 / 马的一边……”（同上）

皈依、回向、示现，如果想在其外寻找一个更通俗的代替词，还真的没有。它们的宗教性加强了诗句的庄严。起初我以为这种语境是诗人打通“万古”的策略，但很快发现它不仅是一种表达，更是一种思考——他用这些词语思考当下，不是试图以古翻新，而是发自生命深处的体认和同情。这种情感在他诗中形上与形下贯通一体，因此这些词语自然、朴素，毫不做作。有一次他问我：“你读了那么多中国古典诗，语言却是西方诗歌的传统，为何？”我当时想，中国古典诗的滋养对于我是本体性的，不必表现在语言上。现在明白他何出此问。

这就引出一个问题，一个现代诗人用这种方式思考的价值和意义何在？读古典诗是现代诗人的一个基本修养，这一点我在很多人身上都看到，但将古典诗看作是中华文化（思想）的一个重要组成部分，并且还信奉着儒释道的诗人，很少——我是其中的 一个，为此纠结了不少时间，最后试图给自己一个答案。如果从人类文明的高度来看中外古今的思想或哲学，最有益于人的精神之圆满的，应该最佳，它们没有对错之分但有优劣之别。现代诗人在学习诗歌时也一揽子接受了西方思想（哲学），从语言到思想的现代化跨度那么大，我们走过来了，其间夹杂着对自己传统文化怎样的傲慢和无情！这是此时代的特殊性之一。诗人的反抗姿态也不能例外，这是另一层悲哀。其实在这种时候，尤其是儒家文化中的道德心性和生生不息之精神正好可作为现时代人类精神的纠正和提升。民主和自由又何尝不已包含在仁义礼智之中。这也正是李建春所体认的：“这世间，可以传家的学问只有两种：孔夫子的学问；山水花鸟画。其他的东西，要么自了，要么损德。几乎所有的现代艺术都无助于养德。”（《拇指书》）“自了”来自佛家，即只顾自己超脱的小乘罗汉。

由此，恰好可以运用我评读古典诗人的方式：求道的人—诗人—诗。这是一个将人生之道与诗之道合而为一的诗人。在受陈家坪之约为他的长诗《幼年文献》写评论时，我了解到他是从基督教复归中华文化的，但在诗集《等待合金》后的《拇指书》中看到了这个过程的惊心动魄：

这显而易见的忧郁，只有以写诗解决一途了。改宗的后果还在陆续显现。我将它比作破冰，却只看见河口冰破的欢喜，不知脚下地面也会稀软，几乎无处可立。

近年逐渐体认，写作当与天地、与中华圣贤同气。过去是读译文太多，生硬地把这方土的经验套过去，这是最大的误会。

……

这是他诗与生命双重的“破”和“立”，而那些词语的自然使用，正是“立”的映现，是破冰后大地的春色。于是在他诗中，我又感受到了在中国古典诗人那里才有的那种气，那么他的诗便有了从另一种方向来评价的可能和方便——中国古典文论（到后来有了诗论）。严羽《沧浪诗话》中说：“诗之品有九：曰高，曰古，曰深，曰远，曰长，曰雄浑，曰飘逸，曰悲壮，曰凄婉。”李建春的诗似乎正是奔着这些品格而来的，当然还可以举出更多：老苍、豪壮、清迈、雄浑、健朗、清峻、清拔……我想，这股来自孔孟之道的强大坚韧的气正是他写作众多长诗的秘密。

当代诗人的写作一般不涉及道，所以一首诗的诉求只是发现力和创造力，而道上的诗人其作品却是一股向上拧起的绳，每一首诗都可以看作是修身立命过程的流溢，具有不可分割的精确性。因此也就区别于那些瞬间或状态的自我表现。

“我教我的学生艺术的由来 / 依次讲石器、玉器、青铜器，教他们认 / 簋、卣、尊、鼎，我备好了模范，等待合金熔液注入”（《等待合金》），他所注入的，正是他自己的生命熔炼。这种等待是处于微妙的虚实之间：“但我还有别的期待。/ 走着未冷透的路，脚板轻叩扎满根的地泉 / 我未能远行”（《未能远行》），“从这头到那头，我在奔走中，是隐匿的 / 只有车厢知道 / 只有电波知道 /……但它们都不说 // 在抵达你的途中 / 在开花或结果之前 / 我运送，用我根茎的力 / 一束光不是一束光，是整个太阳的爆炸……”（《用你开花的耳朵》）这未竟的远行、隐匿的奔走、内在的爆炸正是等待的秘密。等待的另一重秘密是时间，他多次使用这种表时间的词：“万古在长岸”“万古爆出的颜色”“万古的激动”“太古的货仓”“万年藤”“为时已晚”……等待是坚韧的：“他们环视我 / 下一步如何？ / 我乐意与他们共同期待 / 我站立的虚空是金刚石 // 这块土地是死者的纪念碑 / 当尽力搜索他们的姓名。/ 我坚忍如汗青，挺直如石板 / 为了那些细节，那些生平 / 请写下他们，决不忘失！”

当一部分有思想的当代诗人避讳代词“我”和感叹号的时候，他却坦然地亮出“我”的身份态度，作为一个至少同样敏锐于语言的诗人，这种坦然背后有着清醒的思考：“人不仅有自然的生命，而且有历史文化的生命”，他接受这个自然与历史双重塑造的“我”，但此“我”显然已非“自我”。（《拇指书》）

他也像杜甫、白居易、苏轼等古典诗人那样哀叹时光：“我走过天光云影的湖畔，看见一生的大部分光阴已消逝 / 湖面何其清澈，没有留下一点纪念 / 我捡起一片落叶，握在掌中，试图温暖她 / 却被绝望渗入手臂；我放下她，继续前行 / 在天堂姊妹的哀泣中，我爱上了人世的浮华 / 为时已晚”（《为时已晚》）。

这是时间的挽歌，对已逝和未到之物的感伤、期待。然而他也已看清了它们，这期待又何尝不是一次审美的微醺，因此需要集“万古”而加入这宏大的哑默。

隐喻和象征一部分是对现实的批判，另一部分是对古老文化的反思与致敬。文化性的隐喻（可见文化诗学的考量）常见为建筑和水土两种。建筑如《大匠的构型》《柱础的心跳》《华厦之殇》《纪念碑》，具有寓言、预言之义；水土如《守土》《护水》《洗田》等，则有反思和自传的成分。

“守土的经验/像蒸笼，让人原地成熟，无需大风大浪/有深刻记忆和意志的人，是不幸的/令人畏惧。我摊到的并不多。没有/未脱落的脐带。没有依恋。这些年中/我大致上能够坦然地生活，因为我守礼”，这是《守土》中的句子，是不是可以认为，守礼就是守土或之一呢？这里的礼，当然是民俗的礼。他的守土中隐含一个人的思想史和时间史。从逾越、反叛到回归，他的记叙方式以抒情来进行，里面同样饱含肯定和激烈。他虽然也叹喟，虽然有悲悯和博爱，但毫不柔弱：“现在我又回到/根部，以摆脱枝叶；手抚树干，指责寄生藤……我拒绝！我是个体/但也不是，在群体中，我逃逸，我知道分寸/我手执斧钺，正本清源！”

现在他是一个怀揣“答案”的人：“愿你坚定地走一条正路/周道如砥　一个民族的生机/重新测算古青铜　新合金的比例”（《新外王》）“你明白我在做什么吗？我寻找一条可以世代持续的路。……我的工作是在复卦中——克服现代性的虚无和西方文化法病”（《拇指书》）。

之所以面向时间深入探求，是害怕“荒凉”，他反思传统和本土对现代主义以及虚无、戾气等进行反拨：“本土生活的特殊性，这很重要。我正是依靠这些所谓非诗意成分，与现代主义远离。”“现代主义对诗意的规定和独断，意在消除地方文化的特殊性……导致诗的信息容量越来越小。”从这个角度来看他对自己童年生活、乡村生活的详尽描述，就明白了他的万古愁：“一种奴性的等待，在万古的寂寥中/发芽；灵醒的面孔，将自己映入岑岩”（《鸸鹋与喙鹛》）。

一本诗集就像一块草地或山丘，有自己的生态多样性，在李建春这里，我再次相信，诗艺是求道之技艺。当前，诗人必为自己的写作寻找一个理由、一个恰当的位置，以安置觉悟过来的爱和痛，这可能也是诗人的根本功夫或诗歌之精确性的一种。这个根本功夫让我们更明晰诗人表达了什么，下一步才是去关注他如何表达，因为他的命运感和问题意识都过于强大。若实诚和庄严消失了，在困顿中，产生了精巧的技艺、机智的隐喻，这就是一些现代诗人失去了完整性和自传性的原因。我们面对的，与之前、之后的都不相同——生活所赋予或剥夺的是什么！在这个时代，写作的幸与不幸为何？这些都是我们要处理的诗和生活的难题。

再回到一个老话题：诗人向世界贡献了什么？有一点在当代是被忽视的：他们琢璞磨玉的过程，已构成一个个鲜活的样本。他们所承受和克服、提升的东西构成文明在个体身上的成长史。然而社会远没有珍爱他们，正如他们珍爱语言一样。

于是，诗人站在古与今、进步与颓废的交叉点上，长啸：“进步的哥们在一起，谈论如何防范女人/颓废的哥们在一起，谈论如何诱惑女人/当我转向道和理想时，男人女人都哽咽了！”（《长啸》）

读到此时我忍不住笑了，然后又忍不住难过——道和理想是多么

难以面对。最后，“我终于长啸。/在汤逊湖，迎着朝霞的万道金光。/或者在山坡上，在开发商遗弃的土地，/一个人爬到小树下，放眼眺望。/我长啸，几个骑单车的青年，/在我的啸声中张开双臂，冲下斜坡。/我长啸，阳刚之气回荡，/在高速公路的收费口，握紧我的直觉。”

他曾经问我：作为当代汉语诗人，对于不可避免地涉及的文化背景、生活现实——使之成为一种独特的诗歌方式、风格等，你有过构想吗？我现在可以用一个字回答：仁。在诚的阶段有我而我日精，在仁的阶段无我而我不失。如此，我就可以脱离批判之一端，而允执厥中，站在更丰饶、更深厚的道即诗性的土壤中。

Chinese Poetry

叙事

Narrate

新疆是个好地方

魏天真

卡瓦斯

去新疆游玩需要下决心。二〇一一年单位组织过一次跟团旅游，时间短，团很大。那次的新疆之旅，除了打卡北疆的几处经典景区，主要是体验了幅员的辽阔、车程的漫长和坐车的疲劳。我怕自己现在身体状态不能胜任出游新疆。魏天无说，正因为状态不佳，才要去新疆！我怕我在那儿病了，万一病倒在广袤无垠的沙漠戈壁了怎么办呢？他回答得很干脆：不怎么办！我保证你会好好的，回来时活蹦乱跳。

天下很大，风景无限，在有很多很多美丽的地方没有去过或没有再次去过的情况下，决定“重游”新疆，还因为小芬同学说过的一句话。她说，早些年她也算是遍游了大江南北长城内外，饱览了湖光山色民情风物，然而！只有新疆令她念念不忘，“是唯一的我去过了还想再去的地方”。待我已身在新疆乐不思返时，她又递过话来，说等回来之后，至少十天，会有梦幻感挥之不去哦。

现在我回来已经十多天了，真的还在恍兮惚兮之中不知所依。另一方面，现在我虽不至于活蹦乱跳，但也好手好脚坐在这里。此时此刻，我一边摁键，一边喝着自造的“卡瓦斯”，敲下了一行标题：新疆真是个好地方。又呷了一大口，删掉了“真”字。心里说，真的，真的东西，是完全不必说真字的！

卡瓦斯是我在新疆迷上的一种常见的很便宜的饮料，我觉得它是世界上最好喝的东西，比新疆的奶茶还好喝。当然，如果是冷天去的，我大概会觉得那里的奶茶是世上最好喝的东西，奶茶是热饮而卡瓦斯是冷饮。我一路喝，一路想着回家后可能再也喝不到了，就一边咂摸它特殊的味道，据以想象它的配方和工艺，同时用心研读商标上的说明文字，一心准备回家后土法上马自制卡瓦斯。

实际上我们老早就在高尔基的“自传三部曲”中见过卡瓦斯，它经常出现在“我”外婆和老板家的餐桌上。如果这位革命文学大师预见得到他对中国内地读者的伟大影响，他应该多点耐心，或粗或细地介绍一下卡瓦斯是个啥。他没有。还以为它是一种类似于伏特加的，会使人变得阴郁、残忍或粗暴的烈酒。

回家后，经过一番广泛而深刻的试验，我最终选定了一种标明百分之百绝无添加的孝感米酒汁，又选了家乡出产的纯生啤酒，又打开从同学处得来的纯正土蜂蜜。我把蜂蜜融化在纯净水里，然后按照 4：3：3 的比例，把米酒汁、纯生啤酒和蜂蜜水倒在玻璃大瓶里，放进冷藏箱里。结果是，说实话，先从不好的方面说：除了颜色和温度很像卡瓦斯，其他方面都不太像。从好的方面说呢，则除了口味比较坚硬，硬说它是卡瓦斯恐怕也唬得过三五个人了。

没想到的是（其实本来应该想得到的），就在我写下这一行的此刻，正要喝它一大口时，脖子和肩背突然狠痒起来，迫使我伸出去的手改变了方向。皮肤过敏，这是我擅自勾兑卡瓦斯的报应！于是又莫名其妙地，想起了二十年前在呼伦贝尔草原蒙古包里听来的话，“我们这儿的酒是娘（酿）造的，你们那儿的酒是狗（勾）兑的”。我一边抠痒一边这么想着，很惭愧地决定放弃以勾兑伪卡瓦斯来纪念新疆之旅，表达对新疆的热爱之情，换以认真写文章的方式来纪念新疆之旅，表达对新疆的热爱之情。

独库公路边的乔尔玛

独库公路举世闻名！这话恰如其分。如果把它分成四段，我们走了四分之三。第一天从独山子到乔尔玛之后，我们就离开这条路去往伊犁百里画廊了，所以从乔尔玛到那拉提这一段我们不在独库公路上。在伊犁转了五六天，才走上独库公路的第三截，从那拉提到巴音布鲁克；隔一天又从巴音布鲁克开到了库车。真是心服口服，它的确是世上最美的公路，也可以说它是最美的地方：如果你没有身临其境，尽可以从网上搜出那些绝美的图片来看，也能有完全真切的感受。你发出的赞叹跟你身临其境时也相差无几。也就是说，得亏网络，我们完全不必费心费力费钱去旅游，只要动动手指，世界上最美丽的一切瞬间就来到你的面前。当然，如果你去到实地，事情还是会有所不同的。

一路走一路欣赏，七八个小时之后才来到乔尔玛烈士陵园。没到之前，我们包车的任师傅说，一定要去祭拜一下，虽然那里只是衣冠冢。他说这话时，我想起二〇〇八年九寨沟的石大叔。那天石大叔开车载着我们两个和两位上海姑娘，从九寨沟去黄龙机场，在途中某个地方，他停车下来说要拜一下神。见我们几个坐在车上不动，他很严肃地说请我们一定下车，眼前这座山是他们的神山，路边一眼清泉是祭拜山神之地。于是我们都下了车，恭顺而肃穆地站在一边看他完成了一套仪程。任师傅说要我们参观烈士陵园时也很严肃，跟一路上来时很不一样。他说，修这条公路的代价真是无比巨大，算起来平均每三公里，就有一个人付出生命，“这条路是我们当兵的用命抠出来的”。我这才理解了他要我们到这里来时所用的那种正告的而不是建议的语气。已经是北京时间的二十一点半了，这里才近黄昏，未落山的太阳把纪念碑、纪念碑上的字，以及在纪念碑前留影的几个人融成一团金红。

我们站在纪念碑背后，向那一百多个名字逐一行过注目礼，又逐一走过那整齐肃穆的衣冠冢行列，再次念出每一块墓碑上刻着的名字。这些名字自然是些普通而陌生的名字，就跟百千万亿你我他的名字一样，我自然很快就忘记了。此刻我努力地回想，也只想起来一个跟董存瑞名字相似的山西士兵的名字“王存瑞”，再想，又想起一个出生孝感的军人，他姓魏。还有一个人的名字无论如何想不起来，但记得他的籍贯是“湖北武昌”。即便如此，即便我连一个名字也想不起来，但那个肃静的陵园，那些夕阳下的红字，那些刻着名字的整齐的灰色的墓碑，却永远地留在我内心。后来的旅途中，当我再以沾满尘土的鞋底踏上洁白的雪地时，用清澈的山泉或在龙池里洗濯自己的双手时，或者什么也不干就这么默然置身在寥阔的天地之间时，总会想起自己曾经那样念过那些注定遗忘的名字，心中会隐隐渗出丝丝缕缕的歉疚……这种感觉应该和这里洁净的空气一样，有益于维持自己的身心健康。

那天，我们驶离乔尔玛时，任师傅说，这条网红路的下一段我们要错过了。我却感到庆幸，我们没有错过这些年轻的灵魂，一大群勇敢而无奈、崇高而卑微的灵魂。并且，我很快再次地庆幸起来，当我意识到这位为我们开车并导游的任师傅也可以算做一位幸存者时——我们每一个人又何尝不是幸存者呢。任师傅是汽车兵出身，在部队开了五年车。后来，当我们再次上路，任师傅曾经示意我们往路的右边看。我看到的是一片辽阔的戈壁，一些难以成林的白杨和不太茂密的灌木丛。他说，那边地下埋着光纤电缆。新疆所有的光纤电缆沟都是他们部队开挖出来的。他说，很多人当了三年兵，就挖了三年土。每年，挖沟的士兵走一拨又来一拨。他又断断续续地念了些类似歌谣的顺口溜：吃不完的馒头挖不完的沟……睁不开的眼睛抬不起的头……满天的星斗星期天的肉……他也为自己而庆幸，这不是因为他没有牺牲，也不是因为他当汽车兵，不用成年累月地挖沟。他认为自己很幸运，是因为他亲眼看到当年挖的沟，确实发挥了作用，正在发挥作用。我着实感动了，最后，我们一致同意道：“埋头下的苦功，没有一样是无用的。”

电线上的鸟，老鹰、乌鸦和其他小鸟、大鸟

在尼勒克境内的一处河湾，还没有靠近岸边，惊起一阵白色小鸟，霰弹一样射向河面。放眼望去，有很多这样的鸟群，一阵一阵在河面上掠来掠去，强烈的阳光下，在黄色的水面上留下的影子就像是游动的鱼群。

这是一种群居的小鸟，栖息在岸边的悬岩上。在它们之上，有一些比较大的、数量较少的鸥鸟，然后是需仰视才能看见的天空中的大鸟。我头一次注意到的两只苍鹰也是在这处河谷，它们在我头顶盘旋滑翔，翅膀近乎静止，像两只风筝，在天空中被动地、舒缓地绕着很大的圆圈。我冲它们又是挥手又是奔跑，它们无声无息地越来越近，然后又盘旋着升上去。起先我以为它们在呼应我，好激动，真是浪漫得不得了，却又猛然惊觉它们不过是把我当作了可能的猎物，正在盘算着看能不能把我掠去喂食它们的崽崽。

我明白了一个道理，再美丽的鲜花也不过是众生，再自作多情的人类也不过是一种食物。那些潇洒地翱翔蓝天的雄鹰——其实它们多半是雌鹰——从来就象征着自由和骄傲，不过是为饥饿所驱使的掠食者。

沿路的电线上时常可见许多的小鸟，三五只、七八只不等，像一粒粒音符被写进五线谱，都那样呆着，不动，然后冷不丁地有一只跳跃一下，或者跳起来，甚至飞到相隔几码的地方，再歇到线上，为的是让你看出它们到底是些有灵性、有生命的琴键。

最壮观的群鸟是乌鸦，路边树丛中、沙漠里、山上、水边，很多地方都能和它们遭遇。乌鸦多时犹如十万大军无法计数，少的时候则更像一支神秘的部队，藏头掖尾地穿插行进，还是无法计数！它们的阵势太大了，以至发出的声音并不是人们通常所谓的聒噪。一群乌鸦就像一个大型合唱团，出于不可思议的理由，所有团员全体一致地、不屈不挠地重复着某个低音部，它们可能是被一个魔法困在了这一声部，也有可能是在用这种声音实施一个魔法。我显然又想多了！乌鸦就是乌鸦，它们既不象征什么也不能说出什么谶言讳语。最多只能说它们是一心只顾扮演自己、不大理会别人感受的自我主义者。我试图接近它们，每当我朝它们走过去，它们就稍稍跳开，挪到几步开外的地方，继续协作它们那极不中听的大合唱。见过了一路又一路、一拨又一拨的乌鸦，这么大阵仗的乌鸦，应该足以驱除人心里的刻板印象了吧，可也没有。但凡遇到稍微特别一点的情境，那种习惯意识还是会超乎想象地将我攫住。

比如说，在博斯腾湖的莲花湖区，在又密又高的芦苇之间，我本来很惬意地、无所用心地走着栈道，冷不丁一只小鸟出现在眼前。我觉得小鸟看我时似乎也用了一副邂逅的神气：它在几步开外的地方一边蹦跶，一边回头看我，我走上前去，它就跳一开点，我再走近，它再往前蹦，如是再三，我就以为它是要把我带到什么地方去。转了一个弯，我屏息静气，做好要遭遇什么的心理准备，甚至准备好了发出惊呼和逃窜的姿势！我印象中，电影就是这么演的，故事就是这么讲的，所以当这个小鸟籁的一声飞走时，我才真的吃了一惊：居然什么也没有发生。它不过就是在那里散步消遣，看到了我，有点好奇我为什么老跟着它，跟得它不耐烦了，就飞了。此前我在那拉提也遇到过类似情形，但那是在开阔地带，所以没有这种自带神秘感，以及神秘感与之后出现的毫不神秘之间的心理落差。

我再次懂得了，关于任何事物的刻板印象或浪漫幻想其实都是陈词滥调给我们的感官和心灵戴上的套子，限制、妨碍我们感受那单纯的快乐。

在博斯腾湖的莲海

真的，直到这里，我才彻底丢掉了由神话传说和文学艺术惯出来的想当然的毛病以及最后的一点自以为是，准备全身心地融入自然。在寥廓的沙漠中，一片同样寥廓的湖面。湛蓝的水，碧绿的芦苇，融合了各种颜色的水莲花，样样都是一望无际的，沙漠在视野的边际勾画出一道道隐约的舒缓的弧线。莲海世界属于莲花湖，莲花湖是博斯腾湖的一部分，我很难想象博斯腾湖到底有多大！只感觉到我置身的这一片莲花湖，太安静，太洁净，不由得心中升起一种神秘感——

神秘也不足以形容，应该说是一种比神秘更阔大深邃的感觉。

如果说此前我所看到和所置身的，都是造化为众生准备的胜境，莲花湖可能是造化为它自己准备的，圣境。不然，何以这么高贵、朴素、安详。我们人在这里，其实是在分享为诸神所享用的那种纯粹的安谧和芬芳，想到这些，我发自心灵深处的欣悦中同时涌动着荣耀感。

实际上语言难以形容此时的所见所感。我只能说，博斯腾湖像一首赞美诗。我这么说的时候，想到的也还是圣洁、高贵、肃穆、和谐、安宁这些谙熟于心的语汇，直到又看见了那些飞鸟，它们在我们眼前飞过，一下一下扇动着翅膀，横跨整个视野。

看它们那样扇动翅膀，很像在一下一下地敲击一个大大的键盘，又像是在空中写下了长长的一行字！真的，一只又一只的白鹭、大雁……都在做着这同一件事情，用它们安稳均衡的律动在我视野中写下了无形的、无法辨认的字句，又仿佛是显明了语义的，仿佛写的是：

这世界上的每一只鸟，每一只蚊子，每一座高山和湖泊，每人，每物，每禽每兽，每虫每鱼，每一朵莲花每一爿叶子，每一根蒿草每一片芦苇，每一粒沙子，你鞋里的沙子和脚下的沙漠，你身边的风，都有最好的模样，本来的模样，你要慎于增删……老天呀，希望我没有会错意！我忍不住对身边人说，这里的一切，无法用语言描述，这里的样子是神本尊兀自沉思的样子。

这时我又想到了时常听见和看见的那些话：旅游是从自己待腻了的地方跑到别人待腻了的地方。人们说旅行是为了更好地认识自己。还有人说，出门远行是为了寻找归宿，是为了更好地回家，是为了回复初心……

不得不佩服现在的人们，是越来越普遍地擅长表达自己的哲思感悟，认知能力和独特体验也是越来越丰富和深刻了，能够说出的道理也越来越多了，或许这一切就是拜旅行或旅游所赐。就我自己，当然也是为了把自身从熟识的日常事务中抽离出来，把自己放在不同的背景下来清理、辨认自己，所以总是热衷于去到那些开阔地带，在空旷和安静中翻检和复习自己的初心。

在没有人的地方把光秃秃的灵魂拿出来晒晒太阳。

是哦，此刻，我感到正置身于造化或众神的视野之下。

我在城市里离群索居，避开众人的视野时，固然是自觉的、清醒的，是为了保持一个完整的真实的自我，现在我却认为，仅仅避开市井势利世俗的眼睛是不够的，无论如何怯弱的避世算不得洁身自好。必须使自己置身在神的视野下，才能真正获得保持自我、完善自我的可能。

感谢博斯腾湖的莲海，我头一次感到，一个努力保持身心洁净的孤独者应该发挥出自己的力量……

美好的一切都很简单

以有限的时间和心力，出外旅游总归是以景点打卡为一种常态。我们就是在这块广袤的土地上打卡来了。虽说是打卡，可我们的每一个卡都打得兴致勃勃的。虽然兴致勃勃的，也不过是当时兴致勃勃而已，事后——现在想来也不知道为什么那么兴致勃勃了——新疆对于现在的我又成了美丽而遥远的梦幻了。当然那些梦幻还保留有自己的名字，夏塔、琼库什台、那拉提、巴音布鲁克……还有一些可以说得更具体，比如说，独库公路是一条长长的打卡之路，我们头一晚歇息的草原驿站可能是我见过的最大的驿，新疆跟武汉有三个小时的时差，我们在一天之内可以享受三千米的高差和三十度的温差，等等，其他还有什么就很难说清楚了。只能说，反正到处都是孩子们纯真的面容和老人温暖的笑脸，到处都是草原，和沙漠，到处都在开花结籽，有的草原的基调是紫色的，有的是粉红的，有的是黄色的。走近那些一片片、一串串、一蓬蓬的花，你会看到所有的花朵都朝向蓝天白云，所有的花籽都会回向大地。到处都是河流湖泊，到处都是九曲十八弯，像是一曲曲透明的旋律把人们的心思传递到远方。也说不清楚我们经过的河谷，哪个是喀什河、伊犁河、塔里木河，只感觉内心越来越清净，天地越来越开阔。

天是纯净蓝色的，地是绿色的，天际、地平线和山峦都是一些缓缓的曲线，马牛羊、毡房和人都是以蓝天和草原为背景的剪影。此刻我记忆里最为清晰的正是一幅那样的剪影：

我们在一处并非景区的草原信步。我朝一座牧民的毡房走去，看着开车的任师傅把车远远地停在毡房的边上，也向毡房走去。他是去探问主人家有没有马给我们骑行的。这时，你可以看到一幅绝美的影像。毡房的男主人迎出来，和任师傅相向而行，相隔几米的时候，都向对方伸出了自己的手。男主人后面跟着三个孩子，孩子的后面是毡房，毡房的背后是羊群，还有马和牛。蓝天的背景和绿草的前景，组成这样一幅剪影，比我在任何艺术作品中看到的都要安详。

太美的情境会让你的内心产生一阵清晰的牵痛，让你一阵鼻酸眼胀……

现在想来，在草原上觉得一切都很美，那很美的一切，之所以很美，都是因为他们实在简单。

难以理解的是，人们既看得见简单的事物的美，也渴望使自己看起来更美，却总是乐此不疲地把自己往繁复和琐碎里整。

在日常生活中，我总是看到人们不仅要为自己的身体装颜，还妄图给自己的灵魂贴金。来到这里，在这以简单显现大美的地方，则更清楚地看见了，人们，不仅作为草原的游客，也作为人生的过客，最热衷的事情往往是，锦上要添花，添的都是人造假花；雪上要加霜，加上的都是斑斓耀眼的幻彩；恨不得每一个瞬间都千姿百态，恨不得每一个姿态都有观众喝彩……当然了，我从来没胆去跟任何人交流这个看法的。

现在，草原上有一些很简单的事情现在也被我们搞得复杂了……

不仅是新疆，但凡西部的开阔地带，川藏、甘南、内蒙古、青海等等，当地人搭顺风车是很常见的。这样的情景也很常见：一个人站在路边，用手示意，经过的车停了下来，那人就上车了。这事是很简单的。但，这些年我们动不动就奔驰在寥廓的西部，却一直没有给人提供过这种方便，尽管我们觉得理应如此，也一直向包车师傅表达这种意愿，但师傅们都很为我们着想而免去了这种“麻烦”……

这一趟旅行又是这样，有时我明明看到路边站一个人，我来不及说话，就嗖的一声开过去了，然后师傅解释说这是餐馆旅馆揽生意的；有时两个男子站在路边，师傅说你们敢我还不敢呢；有时一眼就看得出想搭车的是夫妻二人或祖孙二人，但这也可能是恐怖分子哦……

要说草原上的人，无论是男子和女子，他们收拾成走亲访友的样子，和招揽生意的样子，是很容易分别的；坏人及其作案的可能性，也是有概率的。但我不会去和师傅辩驳，我只觉得太复杂，心里不美气。到后来，我索性一个人占三个人的位置，躺在越野车的后座上，车窗外的什么风景都不看了，免得看到被我们撂下的搭车人，他们自己倒不觉得，一个个都变成了我那可怜的良心的负担。

我幻想着有那么一天，事情重新变得很简单，有人大大方方拦车，有车稳稳当当地停下。没有戒备，也没有做作。最重要的是，无论你做或者不做任何事情，都不必说上许多的过分充足的理由。

感谢上帝，我到底有了一次机会。那天我们去琼库什台，因为前一天晚上吃了太多肉食，路上颠簸了一段，胃里异常难受，就找了个方便停车的地方，走到草原上去放松脾胃。回转时，远远看见一个哈萨克汉子带着一大一小两个男孩在路口拦车。小男孩大概七八岁，他站在路边伸出小胳臂的样子，很敬业。我们的车此时就停在他们身边，但他们并不看车也不看师傅，只注意着路过开来的车。魏天无还在草原上红柳丛中追着乌鸦拍照，所以我就站在远处，看他们到底能不能拦到。七八上十辆车过去了，没有一辆停下来。每开过来一辆车，小男孩远远地望见就奔到路边伸出拇指，车子过去了，他就跑回去跟父亲和兄弟站在一起。反复不已。我走过去跟任师傅说，让他们坐我们的车，然后我又比画着告诉了他们。原来要搭车的只是父亲和哥哥两个人，小弟弟回家去了。他的出场只是为了帮哥哥和爸爸拦车。

说来也奇怪，那天那父子俩人下车以后，我的身体状况就好转了。本来，一番兜肚连肠的呕吐，胃里什么也没有了，一整天粒米未进，只喝几口清水，但走路爬山都带劲得很，直到将近午夜依然精神饱满。这种情况肯定有医学的解释，但我自己以为，意识到自己对别人有所助益，哪怕是一点点微不足道的，最终的受益者一定是自己。就这么简单。

高兴和高兴之余

出门旅行可不是出门办差。一个出门旅行的人如果说有什么责任要负的话，那就是负责让自己高兴，每时每刻，都要高高兴兴的。

在辽阔的新疆，走了一程又一程，相遇了无数相同而又不同的人，无数的高兴也是相同而又不同的。遇到过许许多多的小孩，包括那些在景区做点小小生意的倔强又羞涩的孩子，他们是哈萨克、维吾尔、塔吉克、锡伯族、回族，还有汉族。你在和他们打交道时，哪怕有时会语言不通，也总会有许多忍俊不禁的时候，总会有意想不到的开心。

那些成年人，不管是哪个族的，他们朝你伸出来的手总是坦荡而热忱的，这使我愈发不能忍受内地的那种社交礼仪的握手。

维吾尔女子在高兴的时候，会给你一个滚烫的吻，不仅印在脸颊上，而且深深印在你心里。

如果你不能免俗，也向哈萨克和锡伯族的老太太求合影，她们可能不搭话，只用眼神表示同意，然后她们会搂着你的肩膀，那么大方爽朗，那么温厚有力。

即使是说着不高兴的事情，说着说着也很快高兴起来了。在吐鲁番某村某户的葡萄地里，我们看到了蹲着、坐着、跪着劳动——给葡萄剪枝，剪掉坏了的葡萄串，采摘葡萄——的维吾尔族人，他们一边双手不停一边欢声笑语，一个个都满头大汗的。我蹲在葡萄架下拍照、发朋友圈，不时就有一大串葡萄扔过来：尝尝这个，甜得很呃；这个，是无籽的，好吃；这个，奶油葡萄，好吃得很；来，尝尝我们的马奶子葡萄……

园主一边为我们称装葡萄，一边抱怨成本太高、人工太贵。他告诉我，每天每个人工要一百五十元。我问，除了人工还有别的开支吗。他说没有了，就是人工，人工最贵，太贵了，因为不打药，不施化肥，一切都靠人工，所以卖葡萄赚不到钱。他一边说，一边把箱子装好了，捆扎好了，装上车了。我们要走了，他却又从架下拎出好大两串葡萄，往我手里揣。我一边不好意思，一边就接住了，喜滋滋地捧上了车。

真的，高兴就是所谓的正能量。在那拉提草原，我们从山上返回时乘坐了一段景区公交车，车子按规定要在一处景点停一刻钟。一刻钟到了时，还有几位没上车，等得不耐烦的乘客就说，不等了吧，谁叫他们不守时。司机说，等等吧，等等吧。过了一会儿，乘客又说，师傅你按下喇叭催下他们吧。师傅说，我不按喇叭，没有必要嘛。这下乘客有点不高兴了，说，为啥没有必要呀？于是师傅就给他解释开了，每一句话都带着新疆人特有的拖腔：大家出来玩嘛，都是为了开心嘛，都是从老远的地方来的嘛，都是我们的客人嘛，玩得开心了嘛才忘记时间的嘛，按喇叭扫人家的兴的嘛，耽误不了几分钟嘛，大家在车上唱唱歌嘛聊聊天嘛也很开心的嘛……说得大家都笑起来，一口几个“嘛”地学舌，在快乐的笑声中，差点落下的乘客也神不知鬼不觉地上车了，根本用不着表示惭愧或道歉了。

下面是我七月十六日的日记，里面记着那天好多高兴事

今天是旅行第六天，一整天遇到很多事情，我要把这些事情记下来，给它一个标题，可以叫“今儿真高兴”。早晨很高兴，因为在伊犁热忱招待过我们的王兴程又在这里碰上了。他正在伊犁各县市巡回考察，阴差阳错又来到巩留与我们重逢了。相约一处吃早餐，就在旅馆对面的锡伯人开的饭馆，喝奶茶吃烙饼。然后我们从巩留开到库尔德林。在库尔德林高高兴兴玩了半天，又开往新源。从巩留到库尔德林一路上总是堵车，每次车停下，也是高高兴兴地停着，我们坐在车里或者下得车来四处张看打探。只是看到集市的羊群，心中稍起波澜。走出了

集市，走上省道不久，远远地望见有一片湖泊，我们想走去湖边玩玩，任师傅坚持要开车过去，于是驶进林中小路，林子外面是茫茫一大片玉米地，玉米比人还高，湖就在玉米地以外。路上有人为挖开的一道小沟，应该是引水浇地后留下的。任师傅非常有把握地往前开，车子也就毫不含糊地陷进沙沟里。我还是高兴的，因为这个失误我完全不必负责，所以我真心实意地向很倔强很要面子的任师傅表示无所谓，希望他不要有任何压力。然后我坐在柳阴下，高高兴兴看任师傅和魏天无俩人挖着沙土。没有工具，我就去找枯树枝。他们干了两个多小时。他们撅着屁股趴在地上奋力刨土的样子，真像两只巨型的土拨鼠，我必须使劲忍住才能不让他们觉得我幸灾乐祸。忍俊不禁之余，也很好奇，在这前不见古人后不见来者的地方，这些一望无际的包谷是谁种下的，为什么找不到一个人——我也并不是一直袖手旁观，我已经往三个方向都走出了三四百米，想找找看有没有住户来帮忙。倒是魏天无显得很有经验，到底是跟任师傅混了这些天的人，他说这地自然是兵团人种的，兵团人种地都是骑摩托或者开着大卡车来的，驻地就远得很。折腾了三个多小时了，要是在武汉的话太阳都落山了，车子还没有出来的意思，两个前轮一个劲在沙沟里空转。我有点高兴不起来了，催促任师傅打救援电话。他依然咬紧牙关拒绝，做着高兴的样子。我正在想怎么让他高兴地接受我的建议，这时，隐约传来了一声喷嚏。于是我极速朝喷嚏传来的方向奔过去，很高兴终于有了救兵。可是当我看到那救兵的身姿时，我又迅速退回来，同时用很大的嗓门高喊两位男士，说这里有救兵，你们快来！他们俩再奔过去，终于找来了救兵，准确地说是这个救兵（他和他的女朋友，“女朋友”便是我刚刚看他时就迅速回撤的原因）打电话找来了真正的救兵。我们的车子被拉了出来，付给救兵四百块做感谢费。而后高高兴兴重新上路。我心里有两个“没想到”：没想到这么轻易就得救了，白刨半天土，就算体验了一把土拨鼠的生活吧，真高兴；没想到我们破坏了别人的好事，然后还要人家为我们做好事，想起来就好笑，好笑就是高兴嘛……

我那天之所以专门记下这一篇高兴，其实是因为心底有痛挥之不去。日记里说“心中稍起波澜”也是为了淡化那似乎无缘无故的凄恻，我想要用沙子一样多的高兴来覆盖或抹平悲怆的情绪。

那天，从巩留县城前往库尔德林，赶上了贩羊日，有点堵车，我们就走走停停。看一阵阵的羊群被牧人赶到集市上来。羊群一向驯顺，但今天看到的这些羊群，无论是走在路上的，还是停驻的，都比平时更规矩，更有秩序。集市就在路边，路边有跟羊的身体差不多高的木栅栏，羊停在那里。这些羊一旦停下来，原先的秩序稍稍乱了一下，马上就形成新的秩序：所有的羊向路边走去，走在前面的羊纷纷把头扎进栅栏空隙里，屁股对着街道，一只紧挨一只，后面的紧跟着密密地挤拢，把头扎进前面羊群的身体之间，一排紧跟一排，走在最后面的几只已经形不成一排了，但还是默默地急忙地把头埋进前面的羊群里。仿佛它们不想看见人，也不想再朝这个世界望上一眼，仿佛是害怕，又仿佛并不害怕，只是不忍面对自己的末日，仿佛那是别人的末日。

佛家有言，勤求多闻而常起大悲。此刻的我在此刻的真实世界中，不由得不是这样。

不高兴的时候

现在我比较能够看得惯那些过去看不惯的人了，那些跟我一样从老远的地方来的人，我不再很气愤也很优越地指摘他们，说他们对天地万物进行巧取豪夺，却不知道如何欣赏、陶醉其中。现在我改变了看法。如果他们不是故意弄脏别人的山水田园，如果他们不是刚一用完人家提供的方便就开始轻蔑地评头论足，如果他们不是那么夸张地表现自己的才貌双全或德艺双馨，那么，无论他们怎么放肆作态，怎么用臭脚来践踏洁白的盐田和雪山，怎么用喧哗和调笑搅扰宁静和安谧的氛围，其实都是“自然”的，无可非议的。就像我前面看到的那些飞鸟和乌鸦一样，在真正的大自然中，当然是众生平等的，虽然人们总想使自己的那一份平等自由比别人的更风光些。

我手机里保存着几张特别的照片，是七月十五日拍的。那天在昭苏境内的草原上，看到一群“摄影大师”在摆布一位养蜂老汉，一口一个“老头”地喝呼他，其实他们自己实在不比那老头更年轻，除了衣着时髦、装备高级、脸皮更白也更厚……老头你从蜂箱里抽一板出来！老头你要正面对着我们！挡着脸啦，往下一点！你的眼睛要看着拿着的东西，哎！好！带点笑容……终于拍完了。我正奇怪着这蜂农的好脾气，一位娇俏的没有赶上这一场摆拍的女摄影家又莺声燕语地跑过来了，要老爷子给她再来一遍刚才的姿势。不料这老头一点也没有被女摄影师的美貌和风采所打动，倒是真有点不耐烦了，但还是木呆呆地拎起了那一板还没来得及放回去的蜂蜜。女摄影师也就兴味索然，草草收场。一班人嘻嘻哈哈地走了，没有说谢谢，也没有说再见。我对赶上了观赏这一幕的魏天无说，我希望他们是因为沉醉于自己的作品而忘了这位被他们摆弄半天的老汉，而不是因为没教养……但终究意难平，我给魏天无看我拍的他们的样子，说我要控诉他们，说他们是一伙正在老去的——起码比我要老些的——坏家伙。

石油工人的营房

那天我刚把塔里木盆地的胡杨林放进朋友圈，马上就有久未联系的同学来问，是谁为我们安排了这一趟旅程。他的意思，自驾游、旅游团或一般新疆当地朋友应该不会把我们带到这里来，在这样的时候。不过，他又说，我们还只是在盆地的边缘，而盆地中心、沙漠深处是“死亡之海”，那里也有石油人在劳动和生活。

我告诉他，没有谁专门安排。不过是我们包车的司机、老板兼导游，这位集多种身份于一体的退伍军人联系了他的战友。战友是中石化西北局石油某场的采油队长，为我们安排了这趟行程。下午五点，战友队长与我们在一处乡道汇合，我们跟着他一直开往沙漠里、胡杨林中。沙漠中的路也很不差。队长说，油田勘探到哪里，路就会延伸到哪里。我们开一程，停一下，在胡杨林里走一截，惊叹一阵，如是反复。一时，我们把车停在一处沟渠边，沿着沟走路，我发现队长答应着我们的问话，眼睛却专注地盯着沟渠。水不深，很清澈。有一尺来长的大鱼在水底机警地游着。“鱼！鱼嘞——”说时迟那时快，这位穿鲜红长裤的胖胖的战友做了一连串的动作，用弹弓射出一粒弹子。虽然没有打中水中的那鱼儿——它迅疾地一摆头，蹿走了——我还是大跌眼镜，头一回看见使弹弓射鱼的。而且，这个战友长得这么胖身手还这么敏捷。尽管他身手敏捷，因为没法专心致志，要陪我们说话，只是有一搭没一搭地冷不丁拉上一弓，到底也没见他射中一条鱼。

又开车十几分钟，又见到胡杨林中的大湖。晴空下波光耀眼，湖底的蓝天白云无比广大明亮。走向湖边，黑灰的细沙在脚边渗出水来。队长告诉我们，不要以为沙漠就缺水，专家说了，这里的地下水够一亿人吃一千年。我想起在千佛洞时，听新疆农大的博士后说过类似的话。不知道为什么，我还是有点不满足，甚至有点杞人忧天地想：一千年之后怎么办呢？那时可还有别的办法没有呢？

在无边无际的胡杨林里转了三个小时，始终只有我们两辆车，四个人。终于在一处路边见到一辆摩托驶过。在相互打量中，我拍下了他们回头的背影。他们的眼神好奇而警觉，应该不会把我们当作坏人。

同学在微信里说，石油工人的劳动和生存状态的确值得深入了解，应该去认真地体验他们的生活。

我们入住在托甫的采油厂职工的宿舍，宿舍也兼做招待所，职工食堂也兼做餐馆。就在我们放好行李，出门去闲逛一圈回来，发现房间里摆好了四菜一汤。其中椒盐鸽子和牛排的原料都是生活区本地出产的，也就是说，畜养鸽子和马牛羊猪狗鸡，是住在这里的石油人的业余生活的一部分。

生活区很像部队营房。方正而广大的围墙内，在长长的几排两层或三层或平房之间，是绿化带，绿化带里有葡萄架、果树和菜地。

入夜，我们在极安静中听得分明，一阵阵轻微的吱吱爆响不绝于耳，出去看时，发现亮着许多长不过三尺高不过一尺的荧光灯，这种些许刺耳的响声正是那里发出的。原来它们不是用来给人照明的，而是诱捕蚊子的。蚊虫们也就前仆后继源源不断地扑上去，在这一支有些刺耳的歌声中，以自己的生命贡献出唯一的音符。我们回宿舍时，看到了两个年轻人。一个在食堂门口，好像是在给父母亲打电话，嗓门很大；一个是在宿舍大门边上靠墙蹲着，肯定是在跟女朋友视频聊天，嘻嘻哈哈。两个人都是四川或重庆的口音。

第二天，我们在队长战友的带领下，把车顺利开上大路。驶出胡杨林，大概又花了四个小时。

写于 2019 年 8 月

2019 年 9 月 1 日改

9 月 7 日 -8 日再改

杨碧薇专栏

YANG BIWEI's Column

未来、当代艺术及新诗之可能

杨碧薇

今年七月，在北京海淀美术馆“青春的力量”全国青年艺术展上，我看到了陈灵刚的作品《阅读系列》。这是四幅 80×80cm 的综合材料装置。其中两幅由橙＋黄、蓝＋黄的小方块镶嵌而成，乍一看，就像是马赛克的盛大集会。走近了，我才注意到小方块都是被书籍（也可能是杂志）的纸页包起来的。裁切好的纸页随机地包在方块上，纸上的汉字清晰可辨；在纸页之上，每个小方块都被扭成十字形的金属丝紧紧钉住，动弹不得。另外两幅装置是草绿、玫红的单色背景板，亦被密不透风的金属丝钉着。和前两幅装置一样，紧扭在一起的金属丝构成了方格状网络，将背景板制辖在它们的强行插入中。更有意思的是，策展人王建飞掀起其中一幅装置，让我们看背景板的反面。我惊讶地发现，在反面，所有金属丝仍保持着一种结构性的序列，仿佛在暗中流露：它们对整个背景板的“控制”，是有计划、有“组织”，也是有执行力的。

和其他的当代艺术作品一样，《阅读系列》有丰富的解读空间。我首先想到的是：如果说文字象征着自由，那么金属丝则意味着对自由的控制。无处不在的金属丝将文字牢牢锁缚，消解了文字携带的意义；事实上，这些零散的文字虽然清晰可读，但它们已无法表达连贯的思想。这正是一种典型的现代景观：在发达工业社会中，原子式的文字被制度化的管理抽空了所指，徒剩躯壳。当文字的能指沦为空虚的符号，原子便失去反叛的力量，作为一种权力的现代性则获得了全面的胜利。其次，《阅读系列》也体现出当代艺术本身的困境：当代艺术正处在某些“金属丝”的封锁下；“金属丝”可能是他者，也可能是当代艺术本身。在整个的社会生活和文化结构中，如何建立一种与外界对话的有效方式，既是当代艺术面临的问题，也是新诗之难。尽管在当下，当代艺术与诗歌，尤其是与新诗的互动并不算多，但毫无疑问，二者都置身于孤独的境遇中，像一对八百年不见面的难兄难弟。

在这对难兄难弟身后，有一双手，亲自将他们推入了孤立无援的境地。其中一只手是观念。早在 1929 年，雷内·马格里特就创作了著名的《形象的叛逆》（The

Betrayal of Images），画面的中央是一个大大的烟斗，烟斗下方是一行大方且得意的文字，“Ceci n’est pas une pipe”（“这不是一支烟斗”）。是的，这并不是一支真正的烟斗，只是画上的烟斗；出现在你面前的，也不是烟斗，而是一幅画。这个道理并不难，人人都懂。可是，如果有人把这幅画抬到你面前，问你“这是什么”时，你的第一反应是“这是一幅画”呢，还是“这是一支烟斗”？同理，儿童识物卡片上也印着各种动植物、食物、日用品，当大人们把卡片放到孩子面前时，希望得到的回答是“这是一只苹果”“这是一辆汽车”呢还是“这是一张卡片”？通过《形象的叛逆》，狡黠的马格里特把有关“观念”的问题抛了出来，这幅画所展现的多重含义，让人联想到老祖宗柏拉图的“摹仿说”：理式（Idea）的床、实物的床与画家画出来的床本不是一张床。从柏拉图到马格里特，经过了整整两千多年，艺术从内容、形式走向了观念，故安·兰德有言，“艺术是人形而上学的一面镜子”[1]。但艺术显然不等于形而上学，艺术还指向情感，指向美。

而在遥远的中国，比《形象的叛逆》还要略长十来岁的汉语新诗，在某种程度上也是观念的产物。以古典汉诗为参照系，我们可以看到新诗最肉眼可辨的不同，首先在于形式。新诗使用的语言是白话文，并且没有固定的格式，这就是胡适说的“诗体的大解放”。他认为，“文学革命的运动，不论古今中外，大概都是从‘文的形式’一方面下手”、“因为有了这一层诗体的解放，所以丰富的材料，精密的观察，高深的理想，复杂的感情，方才能跑到诗里去”[2]。在诗体大解放的前提下，胡适又提出了“作诗如作文”“诗的经验主义”的建设性意见。新诗的产生与这些观念的指导是分不开的。而以新诗为急先锋的新文学，整个的发生背景，正是现代性与启蒙的双重要求。新诗发展到今天，已经非常出色地保留并延续了古典汉诗的抒情传统，但是对新诗来说，单有抒情是远远不够的。如果说抒情带有偶发性，依托于特定的情境，那么观念刚好相反，它并非依赖于偶发，而是依靠系统的思考、长期的积累，甚至需要体系性。

---

[1] 安·兰德：《浪漫主义宣言》，郑齐译，重庆：重庆出版社，2016。

[2] 胡适：《谈新诗——八年来一件大事》。

即使是一再被大众文化神话的海子，其写作背后也是有严格的诗学理念为支撑的。是时候放下对神秘兮兮的“天才论”的迷信了，在当代，只依仗抒情而不具备清晰诗学理念的诗歌写作，都是值得怀疑的，（在很多时候）不值得谈论的，也是走不远的。

正是观念，使当代艺术成为当代艺术，使新诗成为新诗。也是观念，推着这对难兄难弟不断追问自身：究竟什么是艺术，什么是诗？在这样的疑问下，元艺术（Meta-art）与元诗（Meta-poetry）产生了，这种面向自身的形而上学，也正是艺术与诗在这个时代的一种元叙述（Meta-writing）。总而言之，观念与当代艺术、与新诗的关系是十分紧密的，但这并不代表观念能取代一切，成为艺术与诗的唯一标准。艺术与诗是如此特殊的事物，它们最可悲的命运莫过于被观念彻底绑架，变成观念的简单图解；而在一个观念已辐射一切的不可逆的现代场域内，艺术、诗歌不得不与观念相爱相杀，既要有观念，又要有超越观念之处。从这个角度来说，观念又是危险的，它与艺术和诗之间始终有一种紧张的关系。

第二只手是不理解原则。很多人对艺术与诗的理解，还停留在“懂不懂”“好不好看”“优不优美”上，对于此种愚钝，我只能挤出一个无奈的表情了。在我看来，对当代艺术的阐释，前提是认可艺术不理解原则。早在20世纪80年代，就有论者指出，“许多人都说‘不懂’，并且以‘艺术应该让人懂’为理由，对作品加以责难。这正巧违背了艺术的本质——人的创造。也正巧妨碍了艺术发展的基本条件——精神自由”、“大艺术家从不寻求观众的理解，而是创造理解的观众”[1]。依朱青生之见，追求理解，对艺术来说本就是一个伪命题。因为“艺术不是一种思想的语言或科学的符号（虽然它经常与这些功能相混用）。……一旦被理解的艺术，实际上是理解了艺术中承载的意义，理解的并不是艺术本身”。艺术不理解原则的第二层意思是：有的艺术在当下不被理解，但时过境迁，又能为人所理解了。在这种情况下，艺术家体现了先锋（Avant-grade）的一面。先锋能带来新的东西，但失败的可能性也很大。对此，程一身指出：“毋庸置疑，先锋的必要性与危险性是并存的。”[2]

这里还要区别的是：艺术不理解原则，并不是说所有的当代艺术都神秘莫测，永远不会向观者呈现出确定的一面。其实在很多时候，我们对当代艺术的认知不够，源自对其背景的无知。一旦弄清楚创作的背景，对作品的认识就不至于一头雾水。也是在这次全国青年艺术展上，我看到了王晓琳的《锦婉》，在这组雕塑里，四位低眉细眼的美人戴着四种动物头饰：鱼、蛇、狐狸和猫头鹰。如果不了解艺术家的创作背景和观念，观者对《锦婉》的阐释是可以有无数种面向的，不同的阐释甚至有可能完全相悖。但王晓琳自己解释，她创作这组作品的初衷，是基于一个关键词，性别。在中

[1] 叙畋：《不理解原则》，《美术》，1986年第12期。

[2] 程一身：《何谓先锋？何以先锋？》，李之平主编：《新世纪先锋诗人三十三家》，南昌：百花洲文艺出版社，2017年，第2页。

国传统文化里，鱼、蛇、狐狸都与女性有关（例如，经过《聊斋志异》等文学作品的书写，狐狸形象与女性身份的互文被一再强化）。《锦婉》里的鱼、蛇、狐狸，亦可视为与女性身份的互文。王晓琳认为，在现有的社会结构中，女性依然处于弱势地位；而在与人类的较量中，动物也是弱势的。但在远古时期，人类曾有过母系制社会，人对动物也有过畏惧与敬仰（因此才会产生图腾）。她希望这组作品能追踪“本真”，对人与人、人与自然的关系提出新的思考。同时，她指出这组雕塑多运用中国传统图纹，如忍冬花纹、云纹、蔓草纹等。于是我又想到：传统图纹对弱势形象的覆盖，其实也从另一个侧面探讨了传统文化的价值本位。除此之外，我还注意到另一层意义：蛇、猫头鹰等动物，在“弱小”之余又有一重“危险”属性，而女性的欲望恰恰被视为危险。在传统文化里，女性的欲望处于被遮蔽状态，一旦释放，必然带来巨大的危险，破坏既有的性别秩序和文化结构。“危险的事固然美丽”（张枣：《镜中》），这些柔美、宁静的造型，正包含了某种危险，这正是当代艺术作为一种解构力量的危险。

当代艺术的不理解原则，同样也适用于新诗。以臧棣的诗歌为例，不少人认为他的诗很难懂，但臧棣自己说：“我说句不客气的话，目前的诗歌文化中所指认的晦涩的诗，都是读者巨婴症的一种幼稚的反应。”[1] 他还认为：“诗的本意，特别是优秀的诗歌引发的解读的诗意多重性，本来就是诗的表达所追求的一种东西。诗的晦涩，其实更多是诗歌阅读文化中的一种现场。既然是现场，它就因人而异。”如果说造型为艺术阐释带来困难，那么，再难理解的新诗也会或多或少地在语言中留下阐释的入口，哪怕这个入口只是一道细小的裂缝。这并不是说新诗的理解就比艺术的简单，请注意：语言也是能玩花招的，而且会玩得相当精彩。诗歌的“不理解”，不仅包括我在前文提到的“先锋”问题，还源于一套新的文学审美机制并未建立起来。自波德莱尔以来，“审丑”已是现代审美的基本共识，但就连这基本的常识，在中国的贯彻和接受都是不彻底的。对于那些只以传统“审美”为圭臬的初级读者来说，首先连“审丑”都无法理解，更不用说“诗的晦涩”。长期以来失败的语文教育，只教会愚钝者们在词与意义之间苦寻一一映射的联系，这更是给新诗的理解打上死结。而读者 / 观众因不理解而产生的自卑心理，反过来又向一部分诗人 / 艺术家送上了故弄玄虚的特权。有的时候，读者 / 观众明明在被诗人 / 艺术家抱着游戏心态耍弄，却不自知，非要在作品中敷衍出一点意义来才算了得。在《顽主》中，三 T 公司的员工假扮诗人、作家，就是这样来忽悠观众的。近期的事件则有英国油管博主 Taz Adam 用恶作剧的方式作画，还像模像样地办起了一场名为“Shega”（保加利亚语：恶作剧）的画展，居然还卖出了不少作品。这一过程，可视为一场反思艺术行为的行为艺术。其揭示的问题正是：到底什么是艺术“不理解”的界限？

---

[1] 张垚仟：《臧棣：以诗歌捍卫想象的自由》，微信公号“现代快报读品周刊”，2019 年 12 月 23 日。下同。

从语言上来看，当代艺术与新诗的关系也颇有趣。自现代以来，艺术就在不懈地反文学性。文字作为人类最古老的表意工具，正在为艺术所抛弃。放眼望去，绘画、音乐、摄影和电影等，都举起过反文学性的大旗。其中，摄影和装置的反文学性相对而言是最有说服力的，尤其是综合装置的兴起，把艺术的反文学性推到了新的层面。失去文字的“身份证”后，美国抽象表现主义（Abstract Expressionism）、波普艺术（Pop Art）等都在尝试构建有别于文字的新的艺术语言。但纵有多样的实现媒介，当代艺术对文字的摆脱依然是不彻底的。在此，我想谈谈肖希的《太行老兵》。和看陈灵刚的《阅读系列》一样，在看《太行老兵》时，我首先使用了远观的方式，看到了老兵们的脸庞。接下来，我凑近去看，只见艺术家用文字代替了点线面，使之成为肖像的载体——极细小的汉字疏密有致，浓淡相宜，极有耐心地勾勒出老兵的面貌。2017 年深秋，肖希曾到太行山区采访老兵，整理了大量的文字资料。他绘制老兵肖像，用的正是这些文字；每一幅肖像上的汉字，就是关于这位老兵的采访手记和生平述传。汉字的加入，加强了绘画的可读性和阐释性，也展示了一种实践方向。自电影产生以来，视听语言（影像＋声音）逐渐取代了文学和传统绘画，成为主要的媒介。文学与绘画被迫在日益逼仄的空间里一再突围，尽管我对二者在语言方面的更新是存疑的，但不可否认，它们仍具有视听媒介无法取代的价值。其实，从某种程度来说，（以大众为主体的）视听媒介与（以精英为主体的）文学绘画本不在一个平台上，从来就没有可比性。在我看来，《太行老兵》最有趣的一点，正在不同媒介的粘贴之处：文字为绘画叠加了史的厚度，史的维度（过去时）与老兵肖像（现在进行时）共同构成了一个新的意义空间。再进一步看，这些文字的意义是在于其仪式感，并非用于阅读，因为它们紧密叠加的部分是肉眼难辨的，因而作品仍是立足于绘画本体，力图复苏已经“寿终正寝”的绘画语言的活力。

与当代艺术相比，新诗可使用的语言载体就少得多。文字是新诗最基本、最重要的载体。新诗也曾“放下身段”，效仿古代的图像诗，在现代汉语的基本框架下进行新的图像实验。众所周知，20 世纪 90 年代，人文学科领域提出了“图像转向”（Iconic turn）。把这个时间再往前推二三十年，在六七十年代的台湾图像诗里，新诗曾非常积极地构筑自己的身形，发扬新月派“建筑美”之精神，进一步思考形与意的关系。毋庸置疑，图像诗的探索是有意义的，它使汉语直面自身形象、身段乃至动作姿态。用时下的话来说，这里面有再明显不过的对汉语之“颜值”的追求。但对于图像诗所能达到的深度和厚度，我是持保留意见的，至少现阶段看来，它并非汉语新诗的终极出路，也不可能成为正途，仅仅是旁门左道。继图像诗之后，在我的观察范围内，一个有意思的现象是：在一些与当代艺术联系较为紧密（如直接从事当代艺术的创作、策展等工作，或长期关注、吸收当代艺术）的诗人那里，语言的变革尤为明显。他们中的大多数，如韩东、颜骏、夏宇、宇向、衣米一、叶蔚然、余幼幼等，都倾向于使用较为简单的语言形式，甚至是口语形式。也有一些受当代艺术影响较大的诗人，如朱朱、吕德安、张曙光、张维、冯晏、蒋浩、玉珍等，并没有把语言放逐到彻底的口语中，仍然讲究语义空间的复杂性，注重语言的张力。以上两种情况的共同点是，他们都尝试语言的“越界”和诗意的突围。而在受当代艺术影响较小的诗人那里，语言可能更保守，更“规范”，诗意也如此。总之，“这世界变化快”（崔健语），而语言仍然是诗歌最重要的现实，如何使用语言（即“怎么说”）仍是诗歌本体层面的最基本任务之一，这是诗歌区别于小说的地方，诗歌永远有“怎么写”的困惑，这种困惑与“写什么”是并行的。正如余怒在《个人史》中所示，诗人首先提问“今天写什么”，然后他自问自答“今天写绝望”。接下来整首诗歌都是围绕着“绝望”主题展开的书写，演绎了“写”本身。因此，我有必要补充一下石一枫的话，他说“在文学这个门类里面，言说的方式从某种意义来说变得越来越不重要，言说的内容变成更重要的东西”[1]，我认为他心目中的“文学”应该主要是指小说，因为诗歌的现状并非如此。新诗正在被“写”所困扰——诗歌与当代艺术一样，都强调创造过程本身，这个过程中即包含着观念。

在当下中国，同处一个历史大环境中的当代艺术与新诗，并未实现在同一个语境中的有效对接。视察二者对“时代”的理解，能清楚地看出更多东西。自八五新潮以来，中国的当代艺术在走向综合化的同时，尝试着媒介的跨界、打通与重组，还紧追时代，将高科技、新媒体都运用到了艺术创作中。可以看出，当代艺术在坚定地追寻着一种“艺术乌托邦”，试图以艺术为红线，对整个社会生活、当代政治、公共议题、人类文明进行贯穿和连结，这是一种新的编织，让我想到王雷的编织装置《东方红》。他将老版红宝书的内页拆下，裁成细条，又将这些细条编织成精美的挂饰，四角缀以同样是编织而成的中式盘扣。挂饰的纹路使我想起毛衣编织里的针脚，有正针、平针和细致的锁边。罗兰·巴特认为，文本具有编织性，文（Texte）的意思就是织物（Tissu）；他指出“自构成方面文与书写编织在一起（文就是书写物），或许因为文字的先天本身之故，虽是处于线状，却引人联想到言说，将其交织为一件织品”[2]。从这个意义上说，《东方红》正是对文本编织性的一次肉身演绎：通过改装，红宝书经历了“变形记”，有了崭新的生命力；书上的字也被重新排序，获得了新的阐释空间。因为织条极细，即使是凑近，也很难看清上面的字了，只能看到点点斑斑的灰色与全新的意义型构（挂

[1] 虞婧：《文学和艺术，如何分享同一个“当代”？》，中国作家网，2019 年 7 月 19 日。

[2] 罗兰·巴特：《文之悦》，屠友祥译，上海：上海人民出版社，2002 年，第 85 页。

饰）。这一编织、跨越和重组，正是当代艺术自身的一种写照。

“当代”是一个自带时间感的词，暗含于其中的历史维度，对艺术来说是一把双刃剑。艺术可能会因“当代”而获得更多意义，也可能死于这一限定。与当代艺术的“介入”不同，新诗与时代始终保持着若即若离的关系。在李敬泽看来，“文学必须把自己放回当代的场域上，并与其他艺术、与当代的其他知识生产进行对话。一些当代艺术中存有的重要精神，对文学而言是宝贵的，且可能是已经失去的东西。比如‘行动’的意识，以行动来介入世界的艺术在文学中往往是稀缺的”[1]。然而，每当新诗对时代的“介入”到了一个临界点，马上就有新诗本身的力量对此进行反拨，将新诗拉回到“不介入”的原点上。在介入与不介入之间，这种若即若离的关系实际上也是紧张的，它既表明了新诗对外部世界的困惑，又呈示出新诗追求自身独立性的决心。

尽管我对眼前的人类文明充满悲观，仍愿以无限的美好畅想艺术和新诗的未来（这是唯一的出路）。在知识日益丰富、学科日渐细化的今天，综合性发展是一个大的趋势。李川的《星空下的山海经》系列就展示了绘画的综合性努力。这个系列的每一幅画都对《山海经》里的故事有新的解释。画面的营造植根于《山海经》，但并不秉持保守的复古倾向；画家灵活化用古今中外的种种元素，使形式与内容更富弹性。我在画中看到了大佛、长城、比萨斜塔、灭火器、坦克、玫瑰……这个系列尚未完成，从已完成的部分来看，它们体现了艺术家尝试构建一种庞杂的当代文化体系的野心。其中有一幅《当扈》。当扈是《山海经》中的异鸟，“其状如雉，以其髯飞，食之不眴目”。李川让这只鸟翩跹在相关经文中的汉字（草、木、楛、榛、硌等）之上，它周围还飘荡着点、横、竖、撇、捺等汉字笔画。这幅画带给我一种既新鲜又古老的体验：仿佛世界是新的；而这新世界正在垂听远古的召唤。原来汉字可以被这样堆叠在大地上，在堆叠中它们拉伸、挤压、变形，最终茁壮地成长起来——这不正是万物生长的样子吗？李川自己也说：“构思《当扈》时，……谁都无法抑制激动的情绪。……汉字的结构多么美妙，它本存在于存在的宇宙之中。”[2]穿越时空，在汉字的遥远召唤下，这幅画获得了一种原初性的魔力。

在江苏常熟的虞山当代美术馆，我又看到了另一个与汉字有关的装置作品，这是书法家张耀山的《虚舟之渡》：地上是一片黄沙，一块嵌入沙中的木板上写着《华严经集解》。木板左边的木片上有《论语》《庄子》。又一根木桩上写着《心经》。抬头一看，还有悬在半空中的木片，分别写着“发愿”、《佛说大乘无量寿经》、《普贤十大愿王》。所有的字体都是章草。这些木材曾做过船板、桅杆，甚至是猪圈栅栏。在批评家姜丰看来，“这是书法艺术的场域……是在一个幽灵场域中对着历史、自然、

[1] 虞婧：《文学和艺术，如何分享同一个“当代”？》，中国作家网，2019 年 7 月 19 日。
[2] 李川：《李川李不川绘画作品：星空下的山海经（三）》，微信公号“李川李不川与星空之城”，2019 年 5 月 18 日。

宇宙大有保持了对谈姿态的，唤起了纵贯博大的书法历史当中一个章草断片的瞬间，幽古而现代，肃穆又灵动”[1]。无需再多举例，在当代艺术那里，综合性已是一个突出的趋势，其中也包括对新诗的吸收。曹喜蛙坚定地认为，“尤其是对于当代艺术而言，众多的门类，五花八门，没有现代诗的创作经验，基本上搞不懂，但无论如何变换花样，当代艺术都逃离不了诗意，一个现代诗人是当代艺术的天然欣赏者、阐释者与同谋”[2]。确实，不少艺术家都有写诗的经历。毕加索、阿巴斯等人的诗早已有中译本。而在国内，尤伦斯艺术商店（UCCASTORE）和 Dorm by UCCASTORE 曾于 2017 年 6 月 24 日至 2017 年 7 月 31 日联合举办“缝合：当代艺术从业人员诗选”展览；重庆大学城虎峰山界外美术馆也曾于 2018 年 6 月 23 日至 2018 年 7 月 9 日举办“喃喃诗会”，集中展出艺术家的诗。可以看出，在大众文化领域，新诗虽然荣光不再，但在一定的专业范围内，它仍是一种（相对）有效的公共话语范式。艺术家的诗往往不受（或很少受）同时期新诗语境的制约，代之以自己擅长的言说方式，突出个体性，侧面展示出个人的审美偏好。例如，从文本上来看，韩三之的诗《让语言抵达不到的响着水声的夜的大地》，并没有受到他同时期任何一种新诗写法的显性影响，却包含着八十年代抒情诗的影子（这也从一个侧面证明：在新诗场域以外，新诗的传播和接受往往需要一段“间隔期”，即传播和接受总有迟缓性，是后发的）。他使用的是一套自己能娴熟掌控的语言，诗中跃动着创造的灵光，在“玫瑰的玻璃之夜敲响”“这喷发着异性香味的腰部之夜呵”等句子中，他轻盈、灵巧地摆出自己的视角。这给我带来的启发是：阅读、理解艺术家的诗，可能需要有别于当下新诗批评的另一种批评机制。而从艺术家的诗里，我们能拈取出“诗性”“诗意”的最大共性，并侧面梳理、检验新诗发展的成果。

如果说当代艺术本身就趋向于综合，那么，新诗的综合又是另一回事。以文本为界，新诗的综合有文本外的综合，也有文本内的综合。先看文本外的综合，这是新诗与他者的综合，强调文化学、社会学等各层面，通过一种综合思维“为大文化背景招魂”（安琪：《轮回碑》）。其中，新诗与当代艺术也碰撞出过火花。夏宇曾亲自设计并印刷个人诗集，接着她将它们全部销毁，只给自己留了一本；她也曾把诗集做成毛边书，读者必须把纸一页页裁开，方能阅读；她还把自己的诗集剪成一个个的词，把它们重新拼贴，组成新的诗。而颜峻的诗集《不可能》，在装帧设计上也花了番心思。书的左边正常胶封，右侧则打了孔，用绳子穿上。因此单看右侧，《不可能》像是一本古代的线装书，读者要剪掉绳子，才能翻看书页进行阅读。不过，全书基本都是空白页，只印了几首诗。用这种形式，颜峻表达了阅读之不可能、言说之不可能乃至文化之不可能。颜峻还有一本《罗万象：100 首》（罗万象是他的笔名），每首诗都印在一张卡片上。这种印刷方式，使我想到了新诗是个体的、断片的，而新诗与当代之间也存

[1] 姜丰：《〈虚舟之渡〉的问题——我看张耀山装置艺术〈虚舟之渡〉》，微信公号“虞山当代美术馆”，2019 年 12 月 27 日。

[2] 曹喜蛙、李擎：《春节专稿丨曹喜蛙 & 李擎对谈》，微信公号“LQ 艺术谷”，2018 年 2 月 16 日。

在某种断裂与错位。另有颇具先锋精神的车前子，曾在《今日先锋》发表《传抄纸本》，这也是新诗行为艺术的重要个案。他在书里专门列出了“传抄方法”，声称让每一位阅读者依序传抄下去，最后由他对九十九种抄本进行比较研究。为方便传抄，他在诗中留下了许多空白和方框，供传抄者自己发挥填补。对于车前子的这一实验，胡亮在其秀外慧中的《窥豹录》里总结：“片断，拼贴，脱落，无意义，能指游戏，语言上的无政府主义。‘诗人作品中的自我，仅仅是一件艺术品’，车前子甚至如是渴望，由受众来参与和完成这个艺术品，以至于，连写作也蘸上了行为主义的油漆。”[1]此外，陈黎的《战争交响曲》本是一首图像诗，诗中整齐排列的“兵”字逐渐变为“乒”“乓”，最后变成“丘”。这首诗经多媒体演绎后，不仅视觉效果得以增强，还叠加了音效。湖北武汉也一直在做诗歌走进地铁站的活动，具体做法是征用公益广告牌，将新诗印制到广告牌上，投放到各地铁站。这一实践加强了新诗与公共空间的联系，扩大了新诗的传播。

再看文本内的综合，这是针对新诗本体而言的。长诗正体现了新诗的综合性努力。近年来，长诗写作已成为新诗的一种“迷信”。极端的认识莫过于：如果一个诗人没有写过长诗，那他作为诗人的身份就是不成立的。不少诗人都揣着长诗之梦，总觉得这辈子应该写出点像样的长诗，才算是功德圆满，为此心心念念，更兼苦不堪言。这种想法，其实是将长诗作为个人写作的终点，是对写作的设限，也是一种观念的绑架（在此，观念再次显示出其狡猾和双面性！）田间的《赶车传》很可能是新诗史上篇幅最大的长诗，但其艺术性、启示性又有多少？近日，我与敬文东先生有过一次交流，在他看来，长诗亦是可疑的。他提到，诗歌体式的选择应同具体的语言相结合。在西方，鸿篇巨制的史诗不是问题，《荷马史诗》便是一份属于全世界的耀眼瑰宝。而在中国，古典汉诗始终未能真正处理好叙事问题，虽有《孔雀东南飞》《长恨歌》等优秀的叙事诗，可叙事并没有盖过抒情的风头；直至晚清诗界革命，在大量叙事诗涌现的同时，古典汉诗的制式也彻底暴露出其短板。随后新诗的发生，就证明了诗体变革的必要。而我认为，单从身体性上来看，长诗的形成就是困难的。诗歌需要一以贯之的气流和力气，这就好比一个人说话，若要一口气地说下去，很难保持气息的连贯性、稳定性，长诗亦如此。要在拉长的篇幅内维持诗意的、抒情的、思想的、美学的平均力，除非兼具大量的储备、深邃的思考力和成熟的技巧，才能把诗歌往大处写，往深处写，李建春的《基督诞生记》《卧游录》正是这种综合素质的优秀范本，他能将信仰、现实、个人史、家族史和大历史进行有效勾连，并在叙事与抒情之间稳当地切换。然而放眼整个新诗写作现场，更普遍的情况是：长诗虽多，成立者少。

最后，我想提一下三个有代表性的长诗文本：赵思运《丽丽传》、萧开愚《内

[1] 胡亮：《窥豹录》，南京：江苏凤凰文艺出版社，2018年，第192页。

地研究》和李庄《预言》。其中，赵思运的诗集《丽丽传》是一次“文体探险”，用诗人自己的话来说，是“‘版本研究’系列笔记”。诗中共收录了九十八则原初文本的笔记，在诗性统领下，所有材料共同构筑出文本、时代和诗学的多重景观。在行文上，诗人一以贯之地保持着原生态的言说方式，气息运转自如流畅，为长诗实验提供了不一样的视角与方法。萧开愚的《内地研究》有着近乎完美的完成度，呈现出独特的个人诗学面貌，诗人使用一种类似于田野调查的方式，以河南为中心，总写“内地”的社会、历史及诗这一文体本身的现实，具有俯瞰万象之势。在诗中，隐藏的诗歌主体云游大地，又能时刻抽离其间，恍兮惚兮，如“瞳孔清凉，发生原谅”[1]、“天色如泣，如落魄”[2]，这种诗歌神态的片刻恍惚使人着迷。姜涛评价，《内地研究》“创造了一种文白夹杂、骈散交替的特殊语体，它的伸缩性、扩展力极强，能波澜运势……在自然与历史的宏大现场与慢悠悠的个体剪影的交叠中……如此密集地放送、传递”[3]。李庄的《预言》构思奇特，借科幻之体总写人类历史文明。各种材料（如诗歌片断、微博文字、网站报道、广告招贴、互动百科）的拼贴，为全诗架出一个超现实的语境，从中反映出来的文明景观，看似荒诞不经，实则真实无比。对于所言之物，诗人有着整体的、细节的、技艺的娴熟把握；整个叙事结构面向未来，实则又是对既有历史的总结与反思。总的来说，三部长诗的质地都是重的、密的，覆盖在文字之下的内核也都是痛彻心扉的。现在，我从《预言》中摘选三个片段，作为全文的收尾，它们并不能完整地呈现出全诗的面貌，但正好符合此文的标题，并表达我（鼓足勇气）的美好愿景——

片段一：
文明号飞船起航准备完毕：10、9、8、7……
欧罗巴人种、蒙古人种、尼格罗人种男女老幼挥手告别地球

片段二：
再见旧人类们，再见欧洲、亚洲、非洲、美洲、大洋洲
飞船将抵达净土，请把手边的垃圾丢下吧

片段三：
“再见 / 老不死的地球——人类开始了新生活”

2019—12 陕西、江苏、北京

---

[1] 萧开愚：《内地研究》，广州：广东人民出版社，2014 年，第 21 页。

[2] 萧开愚：《内地研究》，广州：广东人民出版社，2014 年，第 27 页。

[3] 姜涛：《“历史想象力”如何可能：几部长诗的阅读札记》，《文艺研究》，2013 年第 4 期。

霍俊明专栏

HUO JUNMING's Column

诗人与星座

霍俊明

2019年6月26日，正是盛夏，也是小众书坊创办两周年的日子。商震、徐南鹏、崔曼莉、彭明榜和我已经坐在了北锣鼓巷云洱小镇餐馆二楼的露天阳台上，突然发现，除了崔曼莉之外四个人都是白羊座。如此炎热的季节竟然在暮晚时刻吹来了罕有的凉风……此时阳台上到处都是塑料做的绿植，而我在恍惚中想到了宋代诗人王淇在《春暮游小园》中道出的人与时间、世态在缓慢摩擦中生发的隐痛与怃然：

一从梅粉褪残妆，涂抹新红上海棠。
开到荼蘼花事了，丝丝天棘出莓墙。

1

在由甘肃天水（古称秦州）回北京的近八个小时的高铁上我一直在读葡萄牙诗人费尔南多·佩索阿的诗集《想象一朵未来的玫瑰》（杨铁军译）。对于一些诗人而言，似乎出生的那一刻就预示了此后他的人格和精神命运，比如里尔克、叶芝以及佩索阿都曾是占星学的超级迷恋者，自我认知、神秘主义、自动写作、超验意识的幻象以及未来时间的想象都体现在他们一段时间的现实生活和写作实践当中，“佩索阿终其一生对占星学有强烈的兴趣，他和著名的神秘学家阿莱斯特·克罗利通信，后者曾到里斯本访问过他，并在他的帮助下设局假装自杀（有趣的是，克罗利和叶芝曾同属一个叫作‘金色黎明’的神秘主义组织，两人之间有过激烈的冲突，但除此之外，佩索阿和叶芝应该没有什么个人关系）。佩索阿给莎士比亚、拜伦、王尔德、肖邦等名人绘制过星盘，也给他的异名制作过星盘，据传说，他还大致准确地预言了自己的死期。”（杨铁军《想象一朵未来的玫瑰：佩索阿诗选·译者序》）

远在公元前270年，希腊诗人阿拉托斯在《物象》中就提到了47个星座。而在西方的占星学上，黄道十二星座代表了不同的宇宙空间方位，于是将黄道分成相应的十二个星座——白羊座、金牛座、双子座、巨蟹座、狮子座、处女座、天秤座、天蝎座、射手座、摩羯座、水瓶座、双鱼座。当看到《延河》杂志“作家星座”推出白羊座的余华和杜拉斯的时候，我们会好奇而高兴地读这些关于星相学和作家性格的文字，至于其合理性倒在其次了。

我们未必把星座学看成是命运的对应，如果视之为一种趣味和好奇的知识也许会更为轻松，比如星座占卜中经常提及的太阳星座、月亮星座、上升星座以及星盘、星体、宫位、相位等等。但是在一定程度上，一个人出生的那一刻，似乎在冥冥之中与今后的命运走向有了极其隐秘的关联。

性格决定命运，性格也大多决定了写作的命运。这既来自先天的家族基因又与后天的生存空间以及情感生活有关。约翰·沃森在《T.S. 艾略特传》中如此分析艾略特冷静的性格成因：“第一次婚姻中‘个人和私密的痛苦’，磨炼出了艾略特超常的冷静性格。他习惯根据‘纯粹的智力和理性’做出决定，‘给出意见时小心谨慎’，在日常生活中也表现出‘冷静的精神’。他的一位熟人对此‘印象深刻’，甚至‘深感压抑’。凡此种种，都表明他是一位小心谨慎、冷静客观、低调沉默的人，有时甚至会刻意掩藏个性、深埋自我。”艾略特是天秤座，举止优雅，做事稳重、理智，具有超强的判断力，终其一生，得体优雅的举止都是他掌控友谊的办法。环境对人的影响不言而喻，聂鲁达就曾说过“我在多雨地区形成的迟钝，以及我长时间保持的沉思默想的习惯，持续了比所需更长久的时间”（巴勃罗·聂鲁达：《我坦言我曾历尽沧桑》）。家庭环境也是如此，伊丽莎白·毕肖普漫游和漂泊的一生与其抑郁症父亲的早逝以及母亲的精神病都有密切关系——无依无靠、难以安定。

我所接触的诗人中对星座有着极为深入的理解并且准确度惊人的是路也和巫昂。

巫昂的学生紫气曾经在北三环的一个小酒馆里兴致勃勃地看我的星盘——那时她来北京不久且正准备进入磨铁图书公司。2010 年春天去陕西安康的大巴上，路也看到商震就直截了当地说他是典型的白羊座，而具体到身边的每一个人她都准确说出了星座甚至血型。2015 年元旦，在福州的元旦诗会上我又见到了路也，期间再次谈起了陈超老师。路也跟我提及了一个细节，让我吓了一跳。她说有一次她母亲看到了杂志上我的照片，她母亲端详了一阵后对路也说这个人怎么看着像陈超呢？路也说，当然像了，这个人是陈超的学生啊。我当时又本能地问路也陈超是什么星座，她毫不犹豫地说天蝎呀！

2

南宋陈元靓在《事林广记》一书中涉及《十二宫分野所属图》：“宝瓶配青州，摩羯配扬州，射手配幽州，天蝎配豫州，天秤配兖州，处女配荆州，狮子配洛州，巨蟹配雍州，双子配益州，金牛配冀州，白羊配徐州，双鱼配并州。”苏轼对星座有所研究是很多人都知道的，比如曾这样评价韩愈以及自己：“退之诗云‘生我之辰，月宿直斗’，乃知退之摩羯为身宫，而仆乃以摩羯为命，平生多得谤誉，殆是同病也！”林语堂也格外强调了苏东坡的出生时间（景祐三年十二月十九日卯时，公元 1037 年 1 月 8 日）与多舛命运的内在关联，“关于这个生日，第二件要提的就是苏东坡降生在天蝎宫下。照他本人的说法，他一生遭受许多磨难，被人扯上好好坏坏、莫须有的许多谣言，都有这个原因。他的命运和韩愈相同，他们属于同一星座，韩愈也坚持自己的政见而遭到放逐”（《苏东坡传》）。苏东坡最好的朋友马梦得也是摩羯座。苏轼曾经赠诗与他：“万古仇池穴，归心负雪堂。殷勤竹里梦，犹自数山王。”

赫尔曼·黑塞对自己的出生时间（1877 年 7 月 2 日星期一，黄昏。巨蟹座，水象星座）是这样的自我认知：“在一个炎热的七月，夜色降临时分，我来到这个世上，那一刻的炎热无意中成了我一生都极为珍爱，并想寻回的事物，当它离开我的时候，我是那样疼痛地想念它。”（《略传》）而母亲对他的评价则是聪明可爱，但也非常顽固、执拗。

本雅明（1892.7.15—1940.9.27，巨蟹座、水象星系）童年多病，一直认为自己有忧郁症：“我在土星的标志下来到这个世界——土星运行最慢，是一颗充满迂回曲折、耽搁停滞的行星”，“孤独对我来说是人唯一合适的状态”。从童年时代起，行动迟缓的本雅明就分外自由而任性地去做白日梦、观望、思考、精神漫游。本雅明在《德国悲剧的起源》里写道“迟钝”是忧郁症性格的一个特征，还有一个特征便是“顽固”，“忧郁的人允许自己拥有的唯一的快乐是寓言：这是一种强烈的快乐”。正如苏珊·桑塔格所准确分析的那样：“对于出生在土星标志下的人来说，时间是约束、不足、重复、结束等等的媒介。在时间里，一个人不过是他本人：是他一直以来的自己；在空间里，人可以变成另一个人。本雅明方向感差，看不懂街上的路牌，却变成为对旅游的喜爱，对漫游这门艺术的得心应手。时间并不给人以多少周转余地：它在后面推着我们，把我们赶进现在通过未来的狭窄的隧道。但是，空间是宽广的，充满了各种可能性、不同的位置、十字路口、通道、弯道、一百八十度大转弯、死胡同和单行道。真的，有太多的可能性了。由于土星气质得病特征是迟缓，有犹豫不决的倾向，因此，具有这一气质的人有时不得不举刀砍出一条道来。有时，他也会以举刀砍向自己而告终。土星气质的标志是与自身之间存在的有自我意识的、不宽容的关系，自我是需要重视的。自我是文本——它需要译解。（所以，对知识分子来讲，土星气质是一种合适的气质。）自我又是一个工程，需要建设。（所以，土星气质又是适合艺术家和殉难者的气质，因为正如本雅明谈论卡夫卡时所说的那样，艺术家和殉难者追求"失败的纯洁和美丽"。）建构自我的过程及其成果总是来得过于缓慢。人始终落后于其自身。"（苏珊·桑塔格《在土星的标志下》，姚君伟译）

3

诗人的微观心理表情分析有时也较为难解地与星座学（命理）发生微妙的关系。陈超说过"占星术是不坏的一分钟小说"。出于对星座的好奇——当然我只是把星座知识看成是好玩有趣的知识，我上网搜到了一段关于天蝎座性格的文字。

天蝎座的人对互不相同的和互不相融的事物有特殊的兴趣。他是一个喜欢探究事物的本质并加以区别的人。在萧瑟的秋风中降生到这一星座的人粗犷而倔强，他显得沉闷的个性和紧张的神经会使接近他的人感到压抑和迷惘。他的爱情心理常常充满着矛盾。他有一双极其敏锐的眼睛，能洞察和利用人性的弱点和利弊。

另外，他的神秘性、极端性、好斗性和狂热性，也常常给人们留下深刻的印象。无法摆脱的烦恼常常纠缠着他，使他感到精神疲惫。

天蝎座的人个性冷漠，神秘而性感。他喜欢亲自动手去做；喜欢改善自己的工作和生活环境；而不喜欢无所事事和庸庸碌碌的生活，那会使他丧失生机和活力。也有的喜欢自暴自弃，生活在阴影中。他从不愿承认失败，如果遭到了挫折，他将会产生强烈的心理变态反应。

在我接触的诗人中，是天蝎座的有：吴思敬、叶延滨、陈超、潘洗尘、哨兵、西娃、茱萸、王单单、张二棍、马嘶、谈骁、陈先发、远心、白小云、笨水、楚雨、扶桑、金铃子、老巢、弥赛亚、商略、王彦明、子梵梅、冷阳……

天蝎座，表面透明、清朗而实则隔绝、隐晦，正像西尔维娅·普拉斯笔下的玻璃钟形罩一样。这是一种混杂的性格（也许任何一个人都是如此，只是程度不同），叛逆而又柔情，忧悒而又幽默，神秘而又亲切，介入而又游离，孤独而又喜欢倾诉。他的智力、理性、意志力、自信心、幽默感都如此突出，与此同时，他的反叛、非理性、疯狂、疏离、内向、自傲、自毁的冲动也同样不可阻遏。同是天蝎座的陈超在一定程度上还有一点儿由“紧张”“忧郁”“自审”所延伸出来的“自闭安慰症”。这不是病理层面的，而是精神气质和隐喻层面的：“黄昏时分湿漉的林子 / 有一种你依赖的自闭安慰感 / 那边飘来孩子们烧树叶的呛味儿 / 年光易逝，这次是嗅觉首先提醒你 / 望着鸟群坚定地穿过西风的气旋 / 你已不再因碌碌无为而感到惭愧 / 日子细碎徒劳的沙粒多么安静 / 向平庸弯腰，你因学会体谅而变得温顺 / 载满琐碎心思的火车穿透暮霭 / 隐入西部钢蓝的群山；钢铁轰鸣后 / 林子更加幽寂，你的心也像 / 松树的球果，布满瘢鳞但硬实平稳 / 怕惊扰林子那边的不知名的鸣虫儿 / 你也不再把怊怅的丽句清词沉吟 / 当晚云静止于天体透明的琥珀 / 你愿意和另一个你多待些时间。”（《晚秋林中》）紧张与平静，安慰与封闭，温顺与尖锐，恰好形成了一个人的精神对跖点。

天蝎座，应该是十二星座中比较富有非凡的文学和哲学才能的人（起码从伟大作家尤其是诗人的概率来说是如此），我们可以列一个典型的名单：济慈、陀思妥耶夫斯基、屠格涅夫、塞尔玛·拉格洛夫（1909年获得诺贝尔文学奖）、盖哈特·霍普特曼（1912年获得诺贝尔文学奖）、安德烈·纪德（1947年获得诺贝尔文学奖）、阿尔贝·加缪（1957年获得诺贝尔文学奖）、艾萨克·巴甚维斯·辛格（1978年获得诺贝尔文学奖）、内丁·戈迪默（1991年获得诺贝尔文学奖）、若泽·萨拉马戈（1998年获得诺贝尔文学奖）、缪塞、穆齐尔、安德列·别雷、罗伯特·路易斯·史蒂文森、库尔特·冯内古特、狄兰·托马斯、西尔维娅·普拉斯、玛格丽特·马特伍德、塔哈·侯赛因，以及钱钟书、废名等。

天蝎座总是有点忧郁的底色的——“忧郁的人是如何变成意志的英雄的？答案是通过一个事实，即工作可以变成一剂药，一种强迫症”“伴随着自身孤独而感到的痛苦，这是忧郁的人所具有的一个特征。人要做成一件事情，就必须独处，或至少不能让永久性关系束缚住手脚”“忧郁的人所表现出来的工作作风就是投入、全身心的投入”（苏珊·桑塔格《在土星的标志下》，姚君伟译）。

尽管尼采（1844—1900）是天秤座，陈超是天蝎座，但是都是出生于同一个月份——10月，而10月在陈超的一生中占有着极其重要的坐标位置。陈超生于10月，卒于10月，结婚纪念日是10月，他和栖栖的相识也是在10月，而陈扬的生日同样也是在10月——和尼采只隔了一天。这种时间和精神上的“近亲”渊源使得陈超一生如此钟爱着尼采，甚至近乎不可解释的是尼采和陈超都只在世56年。几乎在每年10月的时候陈超总会不由自主地想到这个阴郁、悲剧性的诗人哲学家，“10月，又想起一个人，一个中等身材，脸上缺乏知识分子温和的表情，闪烁着怀疑与激情的双眼和长垂的胡子，给人一种粗卑错觉的智者，一个要成为真正自由的‘我’的人。而他早已到了天上，在10月的阳光下，想起他，禁不住要来一次深呼吸，凝视天空……”“也是在一个10月，他来到这个世界……似乎命中注定的，他应该有一个幸福的人生，但是，俗世的恩主又怎么能给一个竭力要超越俗世的人以恩惠呢——他选择了一条截然不同的路……是战斗得太久？还是一个思想者不愿再受思想的煎熬？在一个春天的早晨，他出门去买报纸，却从此找不着回家的路，从此，他沉入了意识的暗夜里。而在某个恢复了意识的时刻，看到坐在身边的妹妹默默流泪，他不禁发问：‘伊丽莎白，你为什么哭呢？难道我们不幸福吗？’这个备受煎熬的孤独的灵魂，生前不被人理解，不被社会接受，死后被人误解，又被人利用。但是他却在反问：‘难道我们不幸福吗？’——幸福是不需要别人去肯定的。在失去意识10年之后的秋天，这个现代哲学的先驱终于像他向往的阳光一样融入到了天空中，进入了那个永恒的静谧之地。今天，我从一个卑狭的地方来赴智者之约，而斯人已去，我们竟不能做一次倾心之谈。”（陈超《我想献给人类一件礼物——重读〈查拉斯图拉如是说〉》）。

狄兰·托马斯也是天蝎座——还有西尔维娅·普拉斯，当然更是独一无二的大才诗人和张狂沉醉的酒徒，“死亡率最低的地方是酒馆，所以我尽量待在白马酒吧……我到第三天才不再盯着姑娘们的膝盖看，那些女大学生，她们进门后把大衣丢在一边，然后坐下来学习，她们可爱的双腿美妙交叠在一起……第三天，就是这一天，我发现自己在窗边坐着的位置，正好是狄兰·托马斯以前坐过的地方。我看到他挂在墙边的肖像画。那是一幅油画，抹了个红鼻头，和他本人倒挺般配。不过对于一名酒鬼来说，怎样画他都般配……”（赫拉巴尔《白马》，李晖译）。而赫拉巴尔不仅嗜酒——他在小说中也塑造了一些酒徒形象，而且认为醉酒和写作之间有一种奇妙的共生和催化关系，“我在酒后难受时，至少会出现一些我清醒时害怕去思想的想法。酒醉头疼之后，往往出现一些平时会让我吓一大跳的思想”。

天蝎座的西尔维娅·普拉斯（1932—1963）短短31岁的一生却有三次自杀经历。在《拉撒路夫人》一诗中她对自己的三次自杀经历以及惊悚的内心世界予以撕裂般的自白，时时为破裂的情感以及童年的阴影和忧郁症所困扰：“表面上，我也许小有成就，但是我心里却有着一大片一大片的顾虑和自我怀疑。”在《父亲》一诗中，我们看到的是一个在童年即被黑暗、死亡和惊悸所激发的死亡想象的影子，“你下葬那年我十岁。/二十岁时我就试图自杀，/想回到，回到，回到你的身边。/我想即便是一堆尸骨也行。”（陈黎、张芬龄译）西尔维娅·普拉斯最后一段时间是她最痛苦、孤独的时刻，也是诗歌写作的爆发期（不到两个月的时间写作了四十多首诗）。她的写作主要是在凌晨三四点钟，那时她的两个孩子都已入睡，诗人重新找回到了精神的自我，“公鸡啼叫之前，婴孩啼哭之前，送牛奶人尚未置放瓶罐发出玻璃音乐之前的静止、清蓝、几近永恒的时刻”。普拉斯在死后获得普利策奖，生前她的诗歌投稿却大多被编辑退回，而普拉斯却是有着相当的写作自信的诗人：“我是作家，我是有天赋的作家，我正在写一生中最好的诗歌，它们会让我成名。”此言不虚，有诗为证。1963 年 2 月 11 日早上 6 点钟，普拉斯在桌上放好留给两个孩子早餐用的牛奶和面包，放好黑色的弹簧活页夹（里面是四十首诗）后，走入厨房，打开烤箱，打开瓦斯，将头伸入进去。在此之前，她用毛巾将门窗的缝隙堵好。一个人的自杀会有诸多的理由且往往非外人所知，甚至连亲人都无从知晓，但是对于作家尤其是诗人的自杀，公众的热情和窥私欲却是旺盛而持久的。这种传记学的阅读和批评会给“诗人之死”加上诸多心理学、文化和社会学的解释，而这些解释可能反而对诗人的生活、情感甚至写作都形成一种遮蔽，而非准确、有益的揭示。对于西尔维娅·普拉斯弃世后很多研究者和公众的误解，她的女儿弗莉达·休斯的一段话非常适合拿出来给今天的读者们看看：“然而，我母亲自杀当下的极度痛楚却被陌生人接管了，被他们占有，并加以重塑。《精灵》诗作集结成册象征我拥有了母亲，却让父亲蒙受更多的诽谤。这好比她诗歌能量的黏土被占据之后，再以之捏制出对我母亲的不同说法，捏造者捏造的目的只为了投射自己的想法，他们仿佛以为可以占有我真真正正的母亲，一个在他们心中已然失去自我原貌的女人。”

4

每个人的性格中最深处的部分以及不能公开的私人生活则是这一精神肖像中最隐秘的不为人知的部分，“入学两年后，福柯便来到圣—安娜医院的法国精神病权威让·德莱教授的诊室……在这期间，他曾几次有过自杀企图或自杀未遂的事情……每当福柯夜晚从常常光顾的吸毒场所或同性恋酒吧回来时，总是一连几个小时处于消沉、不适和羞于见人的状态。”（迪迪埃·埃里蓬《米歇尔·福柯传》，谢强、马月译）

尤其是精神世界和写作实践中的童年视野就更为不同，更具有精神器质性，“诗人不同于其他人，因为他的童年没有结束，他终生在自己身上保存了某种儿童的东西，这方面已有很多人写作了。这在很大程度上是对的，至少在这样一个意义上如此，也即他童年的感知力有着伟大的持久性，他最初那些半孩子气的诗作已经包含他后来全部作品的某些特征。”（切斯瓦夫·米沃什：《诗的见证》）当然，童年经验对每个人的精神成长乃至文学经验的影响是有区别的，“人们认为作家选择写作这个职业与其童年经历有关，但是每个作家的童年经历都是不同的。然而，所有的作家在童年时期都喜欢读书和独处，我在童年时期就是如此。”（玛格丽特·阿特伍德：《与死者协商：一位作家论写作》）“童年时代发生的事情无疑影响了一个人其余大部分人生。然而，两者之间的联系一般来说不是那么直接的。我知道有些当时比我年长的人后来持久地被一种偏执的感情所占据，相信曾经发生在他们身上的事情随时会卷土重来。对我来说，那种经验恰恰产生了与之相反的影响。我认为我所经历的东西再也不可能重复，我幸存下来的这个事实使我充满了一种期望，即使在我的生活中再度遭遇此类事，我也将幸免遭其一切伤害，尽管这很难用理性来解释。处于一定的距离之外，我的战时经验还帮助我免受我成年时期所遇到的困扰。”（伊凡·克里玛：《布拉格精神》）

童年成了一种最典型意义上的“仪式时间”（ceremonial1time），可以在反复的回忆中获得穿越和重新的凝视。童年也类似于利奥塔所说的不断把时间推向远处的极限语言的运动。童年是遥远的过去时，但是又像古老的破损但是又温馨无比的秋千一样不时地荡回来。这是一种自然的天性和情感的本能使然，至于强行到来的外置式的现代性和城市伦理则使得这一回望的过程更加艰难。

我童年时代是喝井水的，井边的绳子、木桶、站在水井边的害怕、犹如一面圆镜的井底，忽然碎了……打水要一桶一桶地打，长长的长出了绿毛的绳子放下去，像是完成一个仪式，当桶终于抵达水面的时候，汲水者已经完全感受到水的珍贵。

而上述于坚的童年经验在众多经典作家和诗人那里仍然能够得到更多的回声。如果童年是一口深井，尽管岁月使得那口真实的水井干枯甚至被掩埋，但是那些曾经的孩子仍然会在梦中或文字中弯下腰，甚至趴在往昔的井沿儿上向幽深的水里观望。如果是在夏日，他们干脆将那只木桶缓缓探入井底，然后在同样的缓慢中提拉上来。

童年时，他们没能把我从井边，
从挂着水桶和扬水器的老水泵赶开。
我爱那漆黑的井口，被框住了的天，
那水草、真菌、湿青苔的气味。
烂了的木板盖住制砖墙里那口井，

我玩味过水桶顺绳子直坠时
发出的响亮的扑通声。
井深得很，你看不到自己的影子。
干石沟下的那口浅井，
繁殖得就像一个养鱼缸；
从柔软的覆盖物抽出长根，
闪过井底是一张白脸庞。
有些井发出回声，用纯洁的新乐音
应对你的呼声。有一口颇吓人；
从蕨丛和高大的毛地黄间跳出身，
一只老鼠啪一声掠过我的面影。
去拨弄污泥，去窥测根子，
去凝视泉水中的那喀索斯，他有双大眼睛，
都有伤成年人的自尊。我写诗
是为了认识自己，使黑暗发出回音。
——西默斯·希尼《个人的诗泉》

这是认识自我的过程，而这一过程早在童年期就已经开始了。与此同时，这不仅是希尼的让黑暗发出回声，而是为了让童年、记忆和自我再次现身。镜子、那喀索斯，再次在时间的渊薮中发出声响。诗人的回忆使得那个童年时期的他不断回到过去的现场，并将这一记忆的细节放大、挽留，将过去时的时间拉长为精神的波长。当童年不只是普世性的人类经验，而是与具体的社会历史语境尤其是新旧冲撞的时代联系在一起的时候就更具有了被追挽的意味。甚至当一切被连根拔起的时候，记忆几乎也是不可能的了，一切都被抽空了，“这个孩子不是我，而是宇宙，是世界的爆炸：这童年不是我的童年，它不是一种记忆，而是一个团块，一块无比匿名的碎片，一种永远当下的生成”（吉尔·德勒兹：《批评与临床》）。这也是阿甘本所指出的“经验的毁灭”的一刻。

童年记忆不只是个体的，有时候又与乡村、城市以及时代现实甚至一个国家的动荡联系在一起，“我在记忆中试图回到战争以前那段时间。那时候我是什么样子？我想自己继承了母亲喜欢寂寞的禀性”（伊凡·克里玛《一个如此不同寻常的童年》）。家庭生活和社会动荡无论是对一个人童年性格的形成，还是对其日后的经验、命运以及写作都产生着极其重要的影响：“我们知道，一个诗人的经验之圈／隐喻视界只有一部分来自阅读，更多的还是来自他从童年时代起积累的感性生活。”（陈超解读狄兰·托马斯《羊齿草的山》）赫拉巴尔在49岁（1963年）才开始第一次公开出版作品，在他的文学创作中，他不时地回到遥远的童年——父亲远走他乡、和养父生活在一起，一个人经常回到喧嚣的码头、教堂、灰暗的啤酒厂以及厂区里的果园和花园，“当不一样的童年遭遇同样回不去的故乡，唯有书写，能够照亮逝去的时光”（赫拉巴尔《甜甜的忧伤》中文版封面），“在我人生的暮年，我回到了童年时的故乡”“我最愿意在科尔斯克林区巡逻，小时候我就有这样的愿望，那里的一切我都耳熟能详”（《月夜》）。童年与性格和文学之间的关系确实是耐人寻味的，赫拉巴尔则终其一生坐在童年的那棵巨大的樱桃树上不时回望，“树枝一直升到铁皮屋顶上，有些树枝干脆就趴在铁皮上。每当樱桃熟得几乎呈黑色时，我便从一根树枝爬到另一根树枝，一直爬到高过屋顶的树冠上，摘上满满一手的樱桃”（《甜甜的忧伤》）。无论是我们不断强化和沉溺于童年经验还是有意化解了它，这都证明童年经验的重要性：“尽管我拥有‘不幸的童年’这份奖品，它哀伤得几乎可以收进教科书，但不要以为我沉溺其中。”（伊丽莎白·毕肖普）甚至在剧烈动荡的时代这一童年经验除了个人属性之外还沾染甚至烙刻上了整体的印记。当童年不只是普世性的人类经验，而是与具体的社会历史语境尤其是新旧冲撞的时代联系在一起的时候——赫拉巴尔称之为“断裂的木板”，就更具有了追挽的意味。

5

如果从精神分析阅读的角度，我们会在诗歌文本中寻找到深层的精神性格和诗人肖像以及家族密码，这也许正是诗歌文本特性的内在动因之一，“我出生在清明时节/或许节令使然/对于流逝或者远去的事物/我始终葆有敏感/我经常会陷入缅怀和遥想/那些逝去的亲人、世上的好人/还有，我的祖母/她如今已变成明月的清辉/我总是会想起她微风一样的感叹——/清明好啊，清明一到/清气上升”（李琦《我沉醉于这些节气的名声》）。由此来看，李琦是白羊座无疑了，热情、浪漫、善良、纯正且富有正义感。是的，由诗歌我们总会进而去留意和观照这个人，诗与人是相互砥砺、相互建构而不是彼此抵消的，“有三件事情/还是没有太大的改变/对诗歌的热爱，对亲人的牵挂/还有，提起真理两个字/内心深处，那份忍不住的激动”（李琦《这就是时光》）。

我的朋友中严彬是处女座。

2017年2月25日凌晨，他以一首诗《处女座》来纪念诗人摄影家任航（1987—2017），当然这很大程度上也是写给自己的。

吃中饭的时候她们说
处女座是不会走极端的
这就是我一直活着的原因吧
我想

处女座是不会走极端的
就算所有人都在马路中间走
火车朝我冲过来
我想

不到最后一刻我都会逃脱的
长大后没有打过架
我也不会打架
我想

安慰一下自己吧
有什么大不了的
处女座的人都能活下去
所有人都可以说说处女座

严彬的眼睛很大，因为个子不算高，所以眼睛就显得格外大。如果是黄昏，那简直就像是两盏灯——深情而又不屑、迷离而又肯定。实际上，我喜欢严彬的眼睛——忧郁而有亮光。我一直在严彬的诗歌里与一个孤独、自傲、偏执、深情的处女座男孩相遇，有时细腻如针似丝（比如这样的句子“知道你修的房子上苔藓生长的方向”就是典型意义上处女座的）有时又严苛、挑剔甚至玩世不恭，有时受到点刺激还会来上戏剧化的情绪。

严彬的诗有时候会让我直接想到一个“地下室青年”。

他的诗歌几乎没有太多的阳光（光线）和暖色，探向内在的自白性则非常突出，所以严彬的诗更近乎“手记”。即使是偶尔走出“地下室”来到城市的街区他仍像是在翻涌的河流之上动荡，上面闪着午夜的鳞片和时间的碎片以及人性的光斑。因为缺少阳光，这个青年诗人的面孔有些苍白、身形消瘦，这对应了当年陀思妥耶夫斯基《地下室手记》开篇的第一句话——“我是一个有病的人”。实际上这是一个人的精神自审——这甚至违背了神的示谕“不可使他认识自己”。正如湖水照亮了那喀索斯俊美无比的白弱脸庞，同时湖水中的影子也成了吸附诗人的至暗、至冷的无底深渊。

严彬的诗歌以及“诗人形象”让我有些不明所以地想到了两个奇怪的但印象极其深刻的事物——“太宰治的脸”和“孔雀肺”。

太宰治（1909—1948）的脸，相信中国作家和读者没几个人直接目睹过，只是见过他的一些照片而已，“有的脸莫名其妙地难以忘记。有一种脸不知为什么深深铭刻心里，不断地迫你思索……有这种悲戚而高贵的脸的人一世纪顶多一个或两个罢”（桥川文三《太宰治的脸》）。而太宰治作为日本“私小说”和“无赖派文学”的代表其所带给我们的是他所说的“我过的是一种充满耻辱的生活”，而其精神肖像更是颇具戏剧性甚至悲剧色彩——曾数次自杀，最后与情人投水殉情。由照片和肖像我们得以窥探更为深处的隐秘的性格乃至灵魂的荫翳或光斑，甚至在苏珊·桑塔格看来摄影必然是挽歌的艺术，照片不仅揭示了一个人密而不察的深层精神纹理而且生前的每张照片都在争抢遗照的位置。而包括太宰治这样的作家，写作必然是通向和打量、凝视甚至盘诘“另一个我”的精神通道，“第三张照片是最为古怪的，简直无法判定他的年龄。他头上已早生华发。那是在某个肮脏无比的房间一隅（照片上清晰可见，那房间的墙壁上有三处已经剥落），他把双手伸到小小的火盆上烤火，只是这一次他没有笑，脸上没有任何表情。他就那么坐着，把双手伸向火盆，俨然保持着这个姿势，仿佛已经自然地死去了一般。这分明是一张弥漫着不祥气氛的照片。但奇怪的还不止这一点，照片把他的脸拍得比较大，使我得以端详那张脸的结构。不光额头，还有额头上的皱纹，以及眉毛、眼睛、鼻子、嘴巴和下巴，全都平庸无奇。”（太宰治《人间失格》，杨伟译）

太宰治，和我

严彬

我曾经四次想到过死
今天新年
有人送我一件和服
质地是亚麻的
大概是夏天穿的吧
那我还是活到夏天好了

娜拉也在思考：
我没有做出荒唐事
回家时看到妻子笑脸相迎

至于“孔雀肺”是什么样的异常结构就更让人难解，当年的张枣如是说——“我叫卡夫卡，如果您记得/我们是在M.B.家相遇的。/当您正在灯下浏览相册，/一股异香袭进了我心底。//我奇怪的肺朝向您的手，/像孔雀开屏，乞求着赞美。/您的影在钢琴架上颤抖，/朝向您的夜，我奇怪的肺。//像圣人一刻都离不开神，/我时刻惦着我的孔雀肺。/我替它打开血腥的笼子。//去呀，我说，去贴紧那颗心：/‘我可否将你比作红玫瑰？’/屋里浮满枝叶，屏息注视。”（张枣《卡夫卡致菲丽丝》，十四行组诗），而今天另一个年轻诗人则直陈“我是一个病人，一个凶狠的人/我不招人喜欢。我认为/我的肝脏有病，但不要紧/我瞒着女朋友，去看过医生和/殡仪馆工”（严彬《陀思妥耶夫斯基笔记》）

“太宰治的脸”和“孔雀肺”二者，一表一里恰恰构成了“双生”结构，即由诗人的语言、修辞以及呼吸方式所搭建起来的迷宫一样奇妙的气息。这种新奇、陌生、难解、分裂甚至吊诡的病疾气息与戏剧性结构，一定程度上正是一个诗人精神原型的隐喻（当然并不是全部）——“请相信牙疼病也有它的基本趣味”。一个诗人的日常生活和精神方式以及词语系统如何发生化学反应般的相互渗透甚至伤口一样的愈合？这是捉摸不定的精神现实。由此，我想到了萨拉马戈的小说《双生》，身份认同或身份焦虑。

“双生人”（互补、交叠、分裂、龃龉）正是诗人摄影家任航擅长的手段，一个倚靠固守，另一个拼命挣脱。

任航曾经有一张海报，近景是一只孔雀，孔雀的后面是一个被遮住了半张脸的女性，极其富有戏剧性的是孔雀的眼睛挡住了女性的眼睛。孔雀的眼睛和女性的眼睛刚好构成了“双生”结构。然而更不可思议的还在于我拟定这篇文章的标题以及写作正文的时候我对任航一无所知，是读到严彬的那首诗《处女座》才搜索了任航这个人。这同样具有不可解释性。而就诗歌写作而言，现实和语言之间最易于形成双重生活和多重人格，而诗人从原型意义上更接近精神上的无根者与漫游的囚徒。这既是自我发现，也是影响的焦虑，“所谓的真实生活是不存在的，他必须创造一个真实以及它的必然后果”（纳博科夫）。

当年波德莱尔在城市街区的游荡，波西米亚的密谋者聚集在乌烟瘴气的小酒馆，而如今这个时代人们只是热衷于谈论新闻、天气和翻滚过后床单的颜色，而“病人”“游荡者”“革命者”已经委顿成高档会所里莫谈国事的“哈哈哈”的调笑或者充当了新媒体江湖的公知和正义的虚假化身。

6

2016 年夏天，严彬和我坐在扬州的夜色里。

那时，我和他面对面坐在一个叫“探”的咖啡馆里。很多年不喝啤酒了。此时已是深夜，空荡荡的啤酒瓶越来越多，内心越来越空旷。这一喝就到了凌晨三点钟。我和严彬几次走出来，江南夜风习习，舒服得让我忘乎所以。这是夏天难得的馈赠，台风来了但是距离扬州还远。这是楼房和停车场之间的一个空地——暂时性的，不久后高楼将拔地而起。不远处的水泊在夜色里闪亮。各种野草丛生，我只认识狗尾草。虫鸣蛙叫，风吹来，我和严彬在夜色里撒尿。头顶没有星空。严彬不想回去了，想躺在这个湿地边睡去。孤独是每个人与生俱来的——完全不是孤单。那么，严彬能杀死内心的孤独吗？就像我们每一个人一样，孤独都在内心里举着手抓挠，“我是个孤独的人/常常被自己惊醒”。

1994 年夏天，大学女生从我后面递给我她的单放机，里面播放的是张楚的歌《孤独的人是可耻的》。那一年，我耿耿于怀的一句话就是——孤独的人是可耻的。

2015 年 9 月 12 日，夜。来到邯郸的严彬在舞台上唱着周云蓬的那首大家熟知的歌《九月》。一个盲歌手，“70 后”一代的绿皮火车。

我喜欢会唱歌的诗人，因为我也喜欢唱歌。有一次走在北京的大街上，自己走着走着突然哼唱起歌来。这声音简直把我吓了一跳，这个声音太陌生了。但他是我体内的另一个自己，不知不觉他已经沉默无声多时了。那一刻，我比泪水更孤独。

在严彬可塑性很强的嗓音中，海子在那一刻与他重合。甚至在灯光黯淡的那一刻，当他走下台来，我恍惚觉得他是另一个人。有一年我在云南的时候，那也是一个夜晚。我和一行云南朋友在酒吧里喝茶，一个年龄较大的在云南某报社工作的诗人朋友田应时——当时完全陌生，他盯着我看了半晌说出一句闪电般的话——“你很像当年的骆一禾”。而 9 月 13 日上午，我已经在赶往青海德令哈的路上了。

以前看严彬网上的照片，他身形落寞，而眼神明亮。直觉，他是一个诗歌中的孩子，所以他可以无所顾忌地说——自己就是自己的王，自己就是自己的一切。

严彬的“诗人形象”极其突出，走在大街上甚至是标识性的。他很容易让我们想到一些终其一生孤独的诗人。实际上严彬并不是另外一个诗人或作家（太宰治？布考斯基？海子？），不是另一个人的影子。他就是自己。

在中国最北方漠河的夜色里，头顶上悬挂的星星有些不真实，而“午夜的秘密所剩无几”。严彬对我提起他当年带着母亲来北京看病，神色黯然，而他母亲已经病逝——他是否在诗歌中“捡回母亲的胫骨 / 父亲的灰色心脏”？我想到了严彬诗集中有一首极其怪异特别的诗。这首短诗的跨度居然是十二年，初稿于 2004 年，改订于 2016 年。这首诗是《年轻时给母亲的十四行诗》。在那一刻，这个生活在北京，在新媒体上天天与形形色色的人和文本打交道的人在此时带我回到了 1981 年的湖南某个山村，再次遇到了那个呆坐在池塘边时常犯头痛病的母亲。那时一个个有根系膨胀的树正在成长，而后来几乎是一夜之间一个故乡的陌生人形成——其方式是在新旧转换和较量中那些旧的、乡土的、过去时的东西一败涂地，那些乡村之树转瞬间被连根拔起、烟消云散。由这一地方性的时代景观出发我看到的严彬是一个唏嘘的不时喟叹的徘徊者，他提前经历了布满了灭顶之灾的洪水和死亡景象的“乡土末日梦”，“我们开始和死者交谈 / 我们是所有生存和死去的人 / 第一次醒来时还是预言 // 第二次醒来时我明白了一切 / 看见一个极为聪明的人描述对岸的生活 / 我想到古埃及最后的日子，浏阳河边上一个村庄的一天”。一个光怪陆离的门就在面前，身后却是无路可返的黑夜。我这样说并不是强化一个诗人的精神和伦理的正确，其前提还必须是诗歌层面的。这时我看到严彬手里有一盏多年不用的灯。他只能本能性地提在手里，这一老旧的光源已经无用武之地。它无奈地成了废墟的一部分，而严彬正在废墟上呆坐，他有时候会爬到残垣断壁的某个柱子上歌唱，眺望一个时代秋天的黄昏正在结束。那是平淡却惊心动魄的时刻！焦虑的诗人已经诞生！

严彬的诗歌，我尤其喜欢的正是这些看起来不太像诗的诗。这种变动和不确定性大体可以看做是诗人写作的活力，当然另一方面也可以视为对属于自我诗歌话语腔调的寻找和权衡之中。不太像诗的诗，包含了某些不确定的因素以及某种异质性和不合时宜，这恰恰是维护了诗人作为同时代人的权利——同时代就是不合时宜。

沈浩波在一篇关于严彬诗歌短论的结尾有这样一句话——“他本质上是很有精神活力的诗人，不必在诗歌中耽于病痛。祝他长命百岁吧！”这是一个掏空了内脏还被鹰鹫啄食的躯体，一个名副其实的“病人”。他在隐喻化的疾病中走得如此之深。那么诗歌是否能够成为自我疗治的利器？即使诗歌是一把手术刀治愈了病疾，但是也必然要在身上留下不能抹去的伤疤和隐痛。

严彬已经在他的诗歌中游荡了无数次，病倒了无数次，也为自己和别人乃至故乡和整个时代死了无数次。从统计学的角度，严彬是同时代人中最为频繁对病人、游荡者和死人反复倾心描画的诗人。因此在修辞学那里这具有了时而梦中、时而死亡、时而复生的“变形”“穿越”能力——比如他的《精神病变日记》系列诗——“我开始成为一个真正的病人 / 像个完整的病人，轻轻走路”。他用比叹息还轻的脚步游荡于无地，他反复用诗句涉入死亡之水和梦幻里的水银面具——“我又回来了 / 推开门 / 跳进自己的身体/参观他的地下室/带走几件旧衣服”（《死后》）。这是对肉体的冒犯，还是对自我以及存在的重新认识？

有时是一个梦游人突然从窗口伸出一只瘦削颤抖的手，有时是一个病人穿着条纹衣正摸索着走出医院昏暗的走廊，有时是在半梦半醒之间真假参半地说话，有时是一个信使不断向废弃的绿色邮筒扔进白色的信件，有时是醉酒后一个人抚摸心口的自我劝慰，有时一个人拿着指挥棒站在大街上企图拦住这个时代行色匆匆的人们，有时是从梦中的高楼大叫着跳下来，有时是濒临死亡前的谁也无法猜测和确认的声音。一个孤独、悲痛而又具有自我嘲讽精神的人牵着他的矮脚马出走在路上或者原地打转。湖水中是孤独的树枝堆积，远方的路消失在荆棘的后面，背后的故地插满死亡的手杖，爱情的紫葡萄正在化为深秋的露水——“我是个孤独的人/常常被自己惊醒”“我回绝了所有的人/整天和自己在一起”。

这一年，在北去的火车上，严彬的女儿小番茄睡醒之后在静静地看童话书。

严彬也有童话，成人的童话在内心的盐水里浸泡、划桨。在闪现的光斑中严彬的脸时而明亮时而晦暗。我知道，严彬的心里还在暴雨般地唱着属于他的“孔雀肺”的摇滚，那张久违的“太宰治的脸”还在这个时代迷蒙的黄昏中。

再往后，严彬对我说了这样一段话（《关于〈大师的葬礼〉》）——

霍俊明老师就坐在我对面，和我说话。关于我的诗，他创造了一个新词，叫做“轻颓诗”。我理解为，霍老师认为我的诗，或者我的某些诗里，有种乐观的、可以治愈的颓废，就像阴天微风里轻轻晃动的白色野菊花，样子也很好看的。除了我的诗，霍老师，以及熟悉我的朋友和读者，大概都认为我是人群里那个最像诗人的人。所以，在中俄边界漠河的一座小山上，我曾被作为诗人在诗人堆里认出来过。

图书在版编目（C I P）数据

汉诗 · 一个人往大海里倒水 / 张执浩主编. -- 武汉 : 长江文艺出版社, 2020.5

ISBN 978-7-5702-1494-5

Ⅰ. ①汉… Ⅱ. ①张… Ⅲ. ①诗集－中国－当代 Ⅳ. ①I227

中国版本图书馆CIP数据核字（2020）第060479号

责任编辑：谈　骁　　　　责任校对：毛　娟

封面设计：祁泽娟　　　　责任印制：邱　莉　　王光兴

出版：长江出版传媒 | 长江文艺出版社

地址：武汉市雄楚大街268号　　邮编：430070

发行：长江文艺出版社

http://www.cjlap.com

印刷：武汉新鸿业印务有限公司

开本：720毫米×1020毫米　1/16　　印张：17.25

版次：2020年5月第1版　　　　2020年5月第1次印刷

行数：7452行

定价：36.00元